山地話／珊蒂化

indigenous

馬翊航

YI-HANG MA

目錄

輯二／如果我是鳳飛飛，哥哥你一定會要我

輯三／山地話

輯四／不懂要問

講情話給世界聽

（依姓氏筆畫排列）

山地話／珊蒂化

精準無華的文字，敘述迷離少年之所遇，讀著讀著，有時也讓我驚頓或迷離起來。

——周志文

「你看見的是記憶。你知道那些星星可以有多遠嗎？」

「我才不信，有人摸了星星還不被燙到。如果他能舉起他的手指說，只是被記憶燙到啦！我就相信。」《紅的自傳》裡，Geryon 和心愛的男孩 Herakles 正在看一張照片。Geryon 是一隻紅色的怪獸。

《山地話／珊蒂化》也是一部成長小傳。照片裡，男孩歪倒成美人魚姿勢，彆扭且大膽。馬翊航將標籤（原住民陰柔男同志）穿成裝飾，這些「是其所不是」的故事，多半苦中作樂，邊笑邊被眼淚鼻涕嗆到。《細軟》那樣好的文字有了幽默感，怎能不燙。

——陳柏煜

馬翊航英文名應該叫安娜，後面加貝爾就成鬼話，寫錯作 BEER 變燒酒話。這本書裡都有了，並講成情話給世界聽。

他應該叫羅琳，非常會羅列。散文裡最重要是名詞，排比之間，琳琅大觀，是我們這個時代的上林賦，大塊大塊風景，合則寫生，分有靈光，散文藏詩／私貨，少女情懷總是濕。

他應該被尊稱伊莉莎白，慾望師奶偏托生小農村，把產業大道走成紐約第五街，村姑原來是女王，靜如處子，動有觸手，蛋糕上的草莓其實是臺灣文學桂冠上的一顆天珠。

他應該叫芭芭拉 Barbara，雞毛燥，內容像降乩，文字成布道，熨斗把一切起毛都壓平，讀完它，世界講話只是吧啦吧啦 blahblah，眾皆寂靜，只有他還在吹喇叭，一鳴驚人。

他也可以叫蘿絲。開篇很醉，讀了很醒，自有一道靈光，文學鎖螺絲，幫你上發條。

他是電他是光他是唯一的山地話。四百年後葡萄牙人來到新寶島，以為他叫Dawn 潼恩，其實是我們讀了忍不住喊 Damn，該死的好。

我僅知道世界上最有名的松鼠叫珊蒂，住在深海的大鳳梨旁，海綿寶寶需要珊蒂，我們需要珊蒂化，透過玻璃罩或是夢幻泡泡，是水還能被看透，世界越是搖晃，越是澄清了。

——陳栢青

讀馬翊航這本散文，時常讓我有著跨上他記憶馬背，跟著一起出航的錯覺，聽他畫外音夾敘夾議訴說著成長風景，在島的東邊，在成為原住民的途中，多識蟲魚鳥獸，也探勘情感關係的形狀，那些藏在蒙古包、錄影帶、四大天王、漢聲小百科縫隙的故事，讓人看著看著回想起那些久未想起的碎片，並且透過這本書漸漸拼起來了。

——黃崇凱

反覆看了三次小馬的新書《山地話／珊蒂化》，第一次用平板讀，最喜歡小馬寫的〈攤開時節〉；第二次用電腦讀，讀全書理路架構，覺得五個分輯鮮明，都能獨立而出；第三次稿子看到一半，結果先在評審現場遇見小馬，我就懂了這本書提醒了我，是它適合各種不那麼乖的讀法。所以我想聽小馬說書，這本書其實是小馬的Podcast，值得我們去思考書面語與口說語之間的種種奧義。

——楊富閔

我們都叫馬翊航小馬，小馬的小大概是種老練的靈動，就連散文也像細細的刺，針灸一樣沒打算讓人見血，可讀了會改變你的筋骨肌理。小馬是池上的男孩，是臺北的美少女，是學術世界的模範生，也是酒後的瘋婆子；小馬可以把自己從傷口中反覆接生出來，也可以透過熟齡的世故，將所有幻痛解壓縮，成為深夜酒醉狂歡之後，一次次拓印在濱海公路上的歸途。小馬的散文是沒有要治癒的治癒，是釀過的恐懼，是每個人反覆回家的夜行車程。

——葉佳怡

讀《山地話／珊蒂化》像是走入隧道，遠處回憶發出來的光，亮晃晃地令人嚮往，但怎麼前進也抵達不了盡頭出口，因為那是已過去的時間。馬翊航的散文便是在不斷回返的步伐間，細緻地向我們呈現回憶之光在牆上的投影。它們是如此清晰可見，彷若就在眼前，令人心生悸動，卻始終有種無法觸及的寂寞惆悵。

——鍾旻瑞

看馬翊航在《山地話／珊蒂化》裡動員時間，從池上的焚風與霧裡，陰柔男孩慢慢撥開乾草堆，豎起羽毛飛過縱谷，飛到城市，沿途尋找心上人，終於在敦化南路的小公寓裡安居。可安居也是扮演，他總在移動，扮演停留。在高雄生母的檳榔攤扮生意人的孩子卻像個臨演。在繼母的閩南家庭裡扮多出來的乖孫口音卻露了餡。在中年轉行務農的父親田邊迷路，演知路的返鄉青年。又在波士頓北京男人的懷抱裡，被異國化裝了一回寶嘉康蒂。馬翊航在哪裡都像訪客，但過境得像定居，他甚至在愛裡裝病。最終，風吹過，霧散開，馬翊航的散文也就像他曾目睹，踮腳尖走圍牆如鋼索的少女。我貪看他在不安穩的記憶邊界鬆動字詞的形狀、聲音與意義，他的語言是在數字鍵盤之外的＊與＃，我們曖昧撥打，感覺清純，也感覺色情。只是偶爾，娘娘槍發射，從乾草堆走出的男孩，亦是拒絕在成年禮上扮演阿美族男人的卑南族珊蒂。還有偶爾，成為臺北人之後，仍舊把自己活成田野，酒醉睡在東區黑板樹根下，被警察扶起，撥撥頭髮上的土，抖抖翅膀，我很好，華美飛進池上的霧裡。

馬翊航在《山地話／珊蒂化》槍口對準自己，但碎裂的彈片，就這麼卡進了我們心底。

——顏訥

推薦序

記性的衝擊

張亦絢

十二歲時，同班有個同學偷偷告訴我：「我是滿人喔。」

「真的？」我失聲問他：「那你怎麼辦？」

——我們剛讀完「驅逐韃虜」，韃虜就坐在隔壁讀書，好難想像，他有多寂寞。當然還不懂什麼是漢人中心，只隱隱感覺，不知是哪，不太對呀。

這句「那你怎麼辦？」後來變得不只與滿族有關。換成女性、工人的小孩或是同志等諸多被殖民或霸權擱置無視的身分經驗，這問題可一路問下去。幾乎也從「那你怎麼辦？」可以變成「那我們怎麼辦？」——這個「大多數排除的大多數」[1]問題，不時迴盪我心。教育社會學中或許有一章，女性主義或階級批判的理論應該也有若干概念，然而，我終於看到對這主題最全面、最聰慧、最勇敢，載歌又載舞的美麗迎戰姿態，是在這本散文集《山地話／珊蒂化》中。

出版過數一數二的詩集《細軟》的馬翊航，有著如含羞草般靈巧的敏感——敏感度，如今指的不只是感官，也包括文字與思考向度。他寫酒醉時是「耳裡楓紅層層」，隔著車窗見物「有一種礦物感」，外婆皮膚薄如「乾蒜皮」，某個影像畫面「光線讓物件有著髮絲般的刺眼邊緣」——這些固然令人讀了，神經會如電到般快感林立，但還不是最厲害的。有些成分始終都在，比如臺東池上，比如卑南，比如「還想嫁呢」的娘氣娘腔——然而，整體而言，我認為全書處理得最好的，是我一開始提到的「那你怎麼辦」主題。

〈補修、修補，然後住在自己裡〉是論述性格最鮮明的一篇，裡面有句話表示：「我們能否讓形形色色，取代堂堂正正？」這句漂亮的話，絕不是動聽的口號而已——所以我們會在這篇當中，看到馬翊航如何將平埔多個大異其趣的「還我名字」故事，各自提煉出一句話。因為形形色色的關鍵不只是生理模樣或生（不）

平，關鍵更在記憶的部署：我們多元什麼就多記什麼，而我們想要怎麼多元，也會決定我們怎麼記憶——在其他篇章裡，我們也看到這種身體力行——形形色色，不只是族類，也包括了每個個體，本身的多樣性經歷點名。多元就是：不只要「多元」——還要「多多元」。

〈攤開時節〉寫在高雄媽媽檳榔攤幫忙的兒時經驗，對照被學校簡化的檳榔形象；〈娘娘槍〉模糊軍事戰鬥與美少女戰鬥的界線，不再只讓雄壯的軍旅形象，專美於前——我還很喜歡〈四大天王並沒有來〉與〈姑姑說〉，這些寓論述於童年場景中的書寫，簡直經典。

〈姑姑說〉裡有一節以「陸森寶」為題，短短幾句話，就勾勒出「對話與邀請落空」的反文化交流現象。小孩的大方分享與滿心期盼，以一種天真敞亮的氣氛，令我們在哀而不傷中，瞬間明白了關於大結構的許多事：真像卡夫卡會說的故事。

---

1 轉自孫梓評，〈一時停止〉裡的詩句「我是大多數排除的大多數」，收於即興創作團體「寫信給奈良美智」出版的《雨日的航行》，出版年不詳。

同樣是一派澄明輕取禁忌的筆法，也在〈教師的鄉村〉與〈走險〉兩篇中看到。前者寫被誣賴，後者是「兩小不是真的無猜」——這兩個事件中，都存在「從不想像小男生會受害受傷」的成見暴力。值得閱讀的不只是戳穿成見——除了心疼，我更對文中如詩的高度結晶化技巧，深深折服。

這是一個二十一世紀臺灣文學工作者的身世溫柔揭祕，編織他的元素既有楊牧或巴代等大家，也有唱山地情歌的林玉英；有部落髮廊裡的《中國童話故事》，也有「很能轉述部落酷兒性」的新一代作者Apyang。在臺北讀書工作的馬翊航，也混有「西部時間」與「東部童年」——八歲父母離婚後，更身處「家人倍增」的情境。很可能因為這樣的「變動與離合」，令他對記憶有著「錙銖能較」的非凡能力：說到時間，四歲半不等於四歲；敘述空間，不是池上，還有許多招牌名——這種極端的具體化，為讀者創造了一種劇烈的臨場感。在這個我們可以論及「記性的衝擊」的歷程裡，一種「敦化南路的至高性」（或是今天更常會說的「臺北一〇一」）可以說——已然，悄悄被掉換。

掉換得真好。

輯一／自己的籬笆

普通的池水

從前在池上讀的福原國小，近年來有了新的公共空間思維，校園圍牆拆去，與社區友善。周邊有保留完善的日式宿舍群，西北角有旅客必訪的福原豆腐，福原村有了新的口號，幸福原來在這裡。距離校舍五十公尺處的五洲戲院，在我七歲與父親搬到池上的時候就已經荒廢，水泥砌的售票口有兩張眼，兩張嘴，只要你敢望進去，大概也能有什麼從暗處望出來。戲院旁邊空地安上了米粒造型的吉祥物雕塑，老牆漆上模仿舊式電影海報風格的彩繪，一面八百壯士，一面小城故事。新的暖的慢的小鎮，不知道鬼魂都散步去哪裡。

小學格局方正，以銅像為中軸，十字放射四方是兩層樓高校舍，龍柏圍繞銅像，樹牆前後開口，俯視就像地殼的鎖孔。校內有一株櫸樹，一株苦楝，輪流代謝橘貓色的葉，紫芋色的花。晨掃六年，靜靜堆積運送樹頂交換下來的時間。校園西側後門雜樹林裡有一塊焚燒場。樹葉，紙屑，瓶罐，果皮日夜燜燒。同年級特別皮的那幾個，會把殺蟲劑空罐丟到火堆，引起小型爆炸，無論老師再三告誡。後來讀到大江健三郎的〈飼育〉，想像偏遠山村裡的墜機，溝水，人獸相混的味覺，我也只是把那塊焚燒場放大再放大。

　　銅像前方有一座矮小和善的水池，肝紅色楷體浮雕，思源池。池中有菱角，水蘊草，萍蓬草，布袋蓮，睡蓮，浮萍，植物旁邊隨附木製白漆辨識板，ㄕㄨˇ ㄩㄣˋ ㄘㄠˇ，ㄆㄧㄥˊ ㄆㄥˊ ㄘㄠˇ，沉浸水中的莖因折射而縮短，纖毛上沾附細小的氣泡，像更迷你的水池。自然課學到難字，水黽。字型像龜像繩，說是水蜘蛛大家就懂了。水黽靜止時候微微壓沉水面，讓水看起來像是膠，玻璃，薄膜一類透明但不流動的物質，當我湊近，想要分辨水黽如何因為重量能變換水的性格，牠就用剪接的方式快速移出視野之外。我一個人在圓形的水池旁邊繞圈，看得見與不容易看見的有豆娘，龍蝨，水蠆。大學之後讀到《孽子》，書裡的男人也繞著水池轉圈，只是池子加大，人變多了。

◆

直線距離約一公里之外，有一座真正的池，大坡池。偶爾會被誤寫為大波池，好像有水獸潛伏，掀起波浪。其實大坡舊做大陂，大埤，天然的斷層湖，池上是在池之上。蔣勳的《池上日記》裡面，說大坡池晨昏四季變換顏色，東西望去姿態不同。網路上搜尋，有一類大坡池攝影是這樣的，卷層雲從畫面中心輻射展開，山脈曲線倒影水面，像規模較小的龍蛇，紫色的鱗，絲質空氣，各式風景成語的模型，悠遠祕境。其實很長一段時間，大坡池曾經壞頹淤積，進度遲緩長年擱置的整治工程，像修復不好的失敗關係。小學時一次強颱來襲縱谷，大坡池水暴滿，溢出本身的居所，淹覆周邊正值收割期的稻田。父親開車往萬安村外婆家探視，我在車內向大坡池看去，期間限定的猛水在暴雨中顯現形狀，像意外吸收太多的情緒。巨大而失去原形的池水令人懼怕，或者也參雜不被諒解的同情，自己蓋著濕棉被。颱風離開之後，過大的池水很快贖罪一樣地收縮，還原。

國小時候池上社教工作站很活躍，常舉行各種鄉鎮步行生態導覽。認識野生植物，認識水鳥，斷層地形探勘，泥火山踏查。大坡池是臺灣難得的內陸濕地，天然的生態教室。父親替我報名各種行程，跟著簡淑瑩老師穿梭各種小徑與裂縫。我並沒有成為一個特別喜歡自然的小孩，多半時候只是見證也見識了自己的固執彆扭。小學時候我有一具高倍數的天文望遠鏡，買來幻想可以窺視星雲如玫瑰，馬頭之類。跟所有小孩一樣喜新厭舊，看了月亮興奮一陣之後，望遠鏡就擱在儲藏室了。某個週末有賞鳥教育導覽，父親把望遠鏡起出來，載我抵達大坡池畔集合點。天氣陰雨，我們略微遲到，遠遠看見大家僅是肩掛著輕便墨綠色蒙皮雙筒望遠鏡，便帽，雨鞋，只有我裝配腳架與純白晶亮的單筒望遠鏡。遲鈍的我不希望顯得更遲鈍，固執不要開門下車，父親幾乎用踹的將我從車內抵出來，路旁芒草抖動。折騰了一陣子，眼淚擦乾之後我安靜地揹上望遠鏡，走入導覽路隊。簡老師說：「啊，馬翊航帶了很棒的望遠鏡！」我可能是被安慰了，乖乖地學習辨認白腹秧雞，大卷尾，蒼鷺，小白鷺，夜鷺，小環頸鴴。白鶺鴒波浪線條的飛行，紅冠水雞在綠稻之間閃現的足跡，我都記得——但此後也未有任何增長。

那時也學著認識周邊山徑可見的植物。月桃，楓香，龍葵，昭和草，毛西番蓮，魚腥草。簡老師說揉碎聞看看。楓香有青芒果的味道，先聞月桃花，再揉揉看月桃葉，兩者香氣似又不似，簡老師說聞過一次就不會忘記。其實吃過一次也不會忘記。我吃懸鉤子，吃朱槿花苞靠花萼處的蜜（偶爾會吃到螞蟻），嚼酢漿草（大片太老小片不酸），用門牙將牛筋草莖刮過就有草汁滲出（長大後喝到小麥草汁的時候覺得味道頗相彷彿）。日後知道連雜草上可能也有藥，就再也沒吃過。一個人吃草的時候不知道自己比較像動物還是植物。如今偶爾我還是會揉碎陌生的葉片，像滿足過去並未成為他物的餘念。

◆

後來大坡池在我出外求學的時候緩緩復原，天光開闊，步道完整環繞池畔，騎乘自行車可以一路通往伯朗大道，天堂之路。優人神鼓，草地音樂，野餐節，馬拉松，竹筏節，潔淨露水，清晰晨霧的結晶，也許池水值得被諒解。我才是坐享其成，大學之後每任戀人都帶來大坡池約會，土坡上盤旋索愛。一手指水鳥，一手指植物，多識蟲魚鳥獸，彆扭求來的知識竟也可以兌換愛了。

前年有機緣在池上與蔣勳老師碰面，他說隔天上午四點要去寫生，有時間一起來？我尷尬說我是臺北作息，大概爬不起來。其實住在池上的時候，也從來沒有早起看過大坡池，從國小到國中永遠是上學最遲那個。夜遊大坡池比較多，國中補習班下課會買鹹酥雞到池邊聊天八卦，聽說有人帶啤酒就覺得招搖囂張，講不知哪裡聽來的鬼故事嚇自己。日記裡有七年前夜遊大坡池尋螢的結果：一隻成蟲，四隻幼蟲。當天某個朋友也與我斷絕往來，日記寫：「山頭的火，水裡碎去的光。沒有月亮，路旁電線杆的影子在田裡被路燈照得很長，與遠方山脈暗影相連，像倒下的塔。」

其實沒有聽過關於大坡池的鬼故事，只是小時候母親常常告誡不要常去家附近的水溝玩水，有村裡的孩子被流走，在遠遠的田裡才被找到。當然我還是照樣去水溝（後來才知道應該叫做水圳，是池上農田灌溉的命脈），有時被溝底藏在泥沼中的裂石割出細小傷口，有時暑熱水涼交替，返家後發著數日不退的高燒。三十年過去，我在平整的環圳車道上騎自行車，還是會忍不住往田溝盡處看去，為那久遠以前的消失感覺不安。

危機小鎮

一九八八年盛夏，我七歲，剛搬到小鎮。新家正對著國小，但我貪睡，沒有一次準時上學過。搬到新家後不能與父母同睡。說是要獨立了。獨立，像遲到的人自己罰站。我在父母隔壁的房間裡，盯著夜燈小火，光暈緩緩擴大，閉眼之後烙著殘光，在眼皮底下跑著。壁虎咯咯地叫，爬行，尾巴掃掠過薄壁，繼續咯咯地叫。不能安睡，感覺又燥又冷，小汗珠像夜露微微滲在唇上。兩隻腳死死地窩在被單裡，怕有搔人腳板的鬼。

鎮上中心的市場周邊，有家母親喜歡點意麵加小辣椒的攤子。旁邊有一家電動場，灰白色菸霧在玩電動的人眼前活動，偶爾被屏幕的光反射出蟲腹的黃，淡淡肉粉色，陰暗的空間裡膨脹，游動。爆炸！嚎叫！粉碎飛機！炸碎霧化的灰色聲音，射擊穿刺的金色聲音，捶打膨大的紅色聲音交疊鎖鏈。我被混雜的夢引誘著，不祥的童話笛聲。母親說：不可以隨便去那裡喔，那是大人去的地方。

我只是容易被引誘的普通孩子。像小蟾蜍，彈跳入小鎮內任何我得以進入的電動場。喜歡那些吞食寶石生長脹大的射擊器械，或仿生型態如香腸泥鰍螃蟹組合成的奇異飛船。喜歡美式緊身牛仔褲金髮肌肉男，在暗巷撿拾起刀劍與油罐隨意拋擊。喜歡騎乘龍蛇在村莊與地獄間隨意滑行叫喊的女巫與騎士。壞壞，偷偷摸摸，浪費，豪華神祕的小劇場。有些甚且不算是「場」，只在雜貨店的側間，堆放蔗黃色的公賣局酒籃，空瓶，紙箱，混合醬菜與蜜餞糖精氣味的小所在，放著一臺快打旋風機臺。有時從父母竹筒撲滿中摸來的五元十元用盡了，就站在那裡看那些較我年長兩三歲卻一臉大人樣的少年，用高超技巧延長時間，五元就能打磨一下午。金錢與時間真的是不等值。

一個略帶悶熱的週三下午，我又晃蕩到市場旁邊的電動場看人鬥技。男人走入電動場，平淡，不友善地搭上我的肩，「拄才你咁有看見一個查埔？」我不懂他說什麼查埔，整間電動場裡都是來來去去的查埔……我毋知。來，你來，我擱問你一次。我真正毋知。僅僅會的一點點臺語不夠用了，怎麼說也說不清。電動場裡還有兩個我不相熟，大我一些的孩子，也一樣支支吾吾。男人問不出什麼答案，似乎有點發怒了。他拍拍我們的肩，像趕三頭沒成熟的豬崽。不敢抗拒，乖乖上了一臺米白、悶熱的九人座。

這是綁票嗎？我聽母親說過陸正。她跟我說不要隨便跑，因為在臺北，有個跟我年紀差不多的男孩被陌生人帶走，然後被撕票了。我大概知道撕票就是死了。但為什麼是撕票？一張紙，被撕成兩片，三片？軟包裝黃色長壽菸，裡面有一層錫箔紙片，撕開時像一把小刀輕輕劃過空氣，嘶——死亡的菸嘴從平整的日常凸起了一根。九人座經過金香店，書局，煤氣行，照相館，農藥行，檳榔攤，小鎮的主幹道，到了平交道旁邊，小鎮鬧區邊緣一間矮房。

男人打開車廂後面，又把我們趕到客廳。屋頂是生鏽的浪板，門內日光燈開關懸垂，一條墜下的腸子晃晃。桌上有花生殼，米酒，菸灰燙出的圈痕，靠壁是一個小神桌，桃紅燭燈沒有讓室內更明亮。男人進門後脫下白色背心，裸身斥喝，恁咁有看見阿全？我盯著他黑褐色的乳頭，回想到底有沒有辦法想起誰是阿全？男人拿出來一張照片摔在桌上，沒有人知道。男人的怒氣越來越飽，他轉身向房子裡面走，我們看不見的地方一定是武器。我心臟駁駁跳——今天要被撕票了。

後來是一個女人陪著男人一起走出來，大概是妻子或情人。她看看我們，又看看他。都囡仔而已，不要對他們這麼凶。女人長得像素顏的司馬玉嬌，眼下帶著褐黑的眼線。他們說不知道，就不知道吧。她走進去又走出來，沒有拿出武器。發給我們一人一罐蜜豆奶，把我們打發走了。我沒有跟另外兩個小孩產生革命情感，也沒有跟著他們走去哪個地方消散壓驚。回家後，母親問我去哪，我說去書局。

那下次考第一名再去書局挑書給你。

好啊。

我把吸管插下平常不愛喝的蜜豆奶，沒有冰過，是溫的。我將蜜豆奶吸引到體內，讓自己獨立。那是死裡逃生，也有些中獎的驚喜：原來恐怖會給人回饋。我讓自己多了一個徽章，至今父親母親都不知道這件事。

比留子

國小三年級的時候，同學之間流傳著一個挑戰。

「你看過ㄅㄧˇ ㄌㄧㄡˊ ㄗˇ 了嗎？」

池上的小孩把ㄌㄧㄡˊ的尾音發成長長的U。游U泳池，溜U溜U球，籃球U，東西弄丟U了。好友阿平跟我說ㄅㄧˇ ㄌㄧㄡˊ ㄗˇ，我想不出來對應的國字。但知道是一部叫《怪談》的恐怖片，裡面有個人頭蜘蛛身的女妖。他雙手掌心朝下，交叉靠著下巴，做出蜘蛛腳快速挪移的樣子。撒拉撒拉。我光是看阿平細長的手指在雙頰兩側抓爬，已經起雞皮疙瘩，不知道錄影帶裡的筆流U子有多可怕。

小鎮主街有一間錄影帶店，光線不甚明亮，最上排的影匣我也搆不到，影片高櫃一層深過一層，最底還有一個小間，大概密藏了大人式的暴力與快樂。某天陪父親去租片，平淡地跟父親說「幫我租《怪談》。」夏日午後，我自己將黑磚一般的錄影帶推進播放器，進入了小學生的比留子挑戰。

《怪談》背景是日本一間鄉下高校，活潑白皙的女學生月島與八部老師消失在夜半的校舍。八部老師的兒子背上長出了墨藍色的人面癰，是比留子擄獲去的人臉，不時燒燙折磨著他，白色的制服底下蒸起白煙。校舍建在古墓上，地下水道裡是比留子的巢穴。遠道而來的考古學家稗田先生，背誦《古事記》以之為咒，打開古墓的通道，與月島臉蜘蛛身的比留子對抗，封印其於黑暗中。比留子可以對人施行催眠與幻覺，在暗夜的校舍突襲，飛快拖行人類。那恐怖大概來自快速移動的難以脫逃，與斷頭使人成為半屍半妖的生存威脅。

電影前半部鏡頭貼著校舍地板快速移動，是比留子的主觀視角，穿過玻璃，課桌椅的縫隙，鐵櫃，化學教具室：我們成了比留子蜘蛛腳所載運，快速移動的斷頭。後來九〇年代末期啟動，以《七夜怪談》為首的日系恐怖片，則是講究日常的見與不見。咒與恨的介質脫離了地域。廊緣，浴室，廁所，被櫥，死亡倒數，時間與空間被詛咒滲透，人與鬼魂的隔間打穿了。反觀《怪談》裡比留子獵人，人獵比留子。閃避殺戮，妖來斬妖，現在看來有種難得的粗野爽快。一查才知道原來是Cult片經典《鐵男》的導演塚本晉也。劇情都是我二十多年後重看補充的，當時餘留下來的是輕幻如歌如咒的畫面。

制服少年在麥色的陽光下微笑，生者與死者在草地野餐，光線讓物件有著髮絲般的刺眼邊緣。

詭奇的女子聲音哄著他，那就去死吧。手中電鋸軌道快速運轉，讓細細的塵斑草屑一樣空氣裡漂浮，鋸緣與脖子僅僅差了半公分。

斷了頭的身體，老舊教室中噴發鮮明濃稠的血液。

灰綠色的頭顱在窗臺後面微笑。

雞肝紅唇色的月島，在無人的教室裡呆滯地唱歌。

月島的頭顱像小船漂浮在黑水上，蜘蛛腳從水面下升起，復將頭顱載運走。

我沒有打電話給好朋友阿平說我完成挑戰了，也沒有對空氣尖叫。不是被比留子攻擊，而是被比留子舔了。我把錄影帶退帶，客廳磁磚滲著池上夏天吹南風的反潮水珠。活了下來，但留下透明的膜。

與比留子的高速爬行相反。參雜其中，一動慢過一動的詛咒與影格改造了下午。此後每個夏日午後一樣安靜，也都不得安寧。我不喜歡洗頭，不知道張開眼睛會看見什麼。睡覺時候沒有辦法把腳露出棉被，母親說電風扇不要吹頭要吹腳，下半身看不見的涼風是比留子吹氣。父母夜間有時飯局未歸，他們要我先睡，我怕他們再也不會回來。海棠壓花玻璃窗，上面投射窗外馬拉巴栗葉片的影子，路燈與夜風讓葉片晃動，我讓晃動成為指爪。恐怖是鏈子，我是活動有限的家犬。當我向他們說——不，我從未說出。馬拉巴栗只在夜裡晃動，如其他植物長大，我在十六歲離家。

時間終究是有使人全身而退的才能。後來沒有不看恐怖片，但只有《怪談》占據了完美的恐怖。我卸下鏈子，在日常裡自由活動，而比留子是貴重，無法重來的愛。我一派輕鬆，陪著更害怕看恐怖片的其他男孩走進更多真的與假的怪談。換我頭上長出蜘蛛腳，在古舊校舍以外的縫隙裡爬行，蒐集記憶，情懷，籌碼。

在後比留子時代，也不再恐懼父母是否會一去不返。在他們被時間真正擄獲之前。告別恐怖的下集人生，是注定當個後知後覺的人。

鐵路的旁邊有什麼

鐵路南北向，將縱谷內的小鎮分成東西半邊。要抵達國小，一定要穿越平交道。穿越是一秒內的事，一些念頭則比一秒漫長。車站剪票口旁，掛置數種宣導鐵路安全的漫畫：停看聽，勿強行通過。勿在軌道上遊戲堆放石頭。畫中兩個孩童眼神脫窗狂喜，石頭平衡疊高，奇異的透視法描繪急迫的火車與蒸汽頭，死神幽幽斜持鐮刀，等待割菜（平交道旁真有許多菜園）。小鎮兒童的道德規範來自政令漫畫，黑衣微笑死神是常客，管轄檳榔、毒品、菸害、飆車，以及平交道上的小白目。我膽子小，趨吉避凶不當小白目。火車快飛，腳踏車登愣登登在鐵道枕木上彈跳，要飛得比火車快。老師說，過平交道小心，有人被火車撞，頭在池上，身體到關山才找到。通往玉清宮也得經過鐵路。抵達神明的路比較安全，穿過鐵路下方的地下道，坡度急下急上，騎腳踏車可以一路滑行。雨後積水，輪圈攪過小水坑，噴濺聲音與震盪。有時真的遇上火車，站在平交道前聽叮叮噹噹，火車頭急駛過，風刀切開耳朵。火車上有跟我揮手的旅客，每個都在笑。

自己是乘客的時候，就不用害怕平交道。睡眠與洞穴，讓線狀的風景生產段落。眼睛向沒有水的溪底揮手，山壁的羊齒植物靜靜咬合空氣，因為火車經過搖晃起來。距離是小技巧，一如飯包放涼一點好吃。靠窗座位使日常變得矮小，簡化，可親。接近池上，與剛從池上出發時候效果最明顯。心被架高，回家或者離家的任務都略微鬆弛。鐵路旁的屋頂，鐵絲，發懶的黑狗，土堤，因為玻璃的過濾，而有一種礦物感，抖擻的幻覺。

或者調換方向，保持距離看火車。田中央，村落邊緣一間半露天鋼架鐵皮咖啡屋，名為規那。鄰鎮也有地名叫規那，是因為日本時代種植奎寧的緣故。失業在家的我與爸媽去咖啡屋點淡紅茶，夏夜的小蚊子裡，遠遠看火車進站。車窗是一排連續的小指甲，沒有下文的虛線。火車啟動，手機的眼睛體力不支，暗中更加遲緩，移動的光暈一下發泡，一下縮水，像躁動的微生物。拍下來的影片有一分三十七秒，傳給誰大概都是多餘。

野馬塵埃

小鎮秋天的早晨，從家裡通往國中的小路上，偶爾會湧起非常濃厚，巨靈一樣的大霧。當你騎著腳踏車，遠方的物事便會逐漸地鬆懈，顯現自身的容貌。你經過檳榔園，路旁棄置的沙發，野狗，蟾蜍屍，堆積著無限人間物件的回收場。或者迎頭遇見那些走著，卻比時間本身更緩慢的老人。活動的霧氣像是有了雙手，一陣一陣地阻擋，或試探著。直到你沿著水溝路在田間過了一個彎，逼近省道時，那霧氣方才疲倦地消散去，現出小鎮那帶著水印的荒蕪。

二十年過去。你看見小路變為大道，無名樹成為地標。你回到小鎮，卻總只記得晨間通學道的寒霧。

父親在臺糖工作，小時候偶爾被父親帶著去監看甘蔗採收。採收車折壓甘蔗的扎實聲響，甜香混合著油氣。我是不愛曬太陽的小孩，烈日之下無奈地等待，漂浮著。草屑像是飛蝗，滿罩著仰角的天空，注定要讓記憶恍惚起來。廠房之外，廣大的田野有著牧場，畜養一些懶散的牛群，像形成某種生態系，支撐幾個我們這樣的員工小家庭。我在臺糖的宿舍學會騎腳踏車，在那裡識字讀書，第一次知道蛇竟然會趁人不在家時偷偷盤踞在書桌。某個極冷的冬天，我發現所有電視變成一片黑白，住在附近的老兵眼神也像電視一樣黯淡了起來，後來才知道那是蔣經國逝世。

我記不得小鎮的糖漿廠什麼時候停止運作，巨大的煙囪突出遠方的天際，彷彿生來就是為了成為廢墟。即使白天都顯得幽黯蒼老的廠房裸露著，鋼筋攀爬著鏽瘢，芒草狡詐地從水泥地的裂縫掙脫出來。即使你遠遠地注視，那鋒利的草緣，與藏匿著的時間的鬼魂，也會割傷你。

一九九四年，我上了國中，一家已經不住在員工宿舍。牧場改建重生為休閒渡假村，父親成為了渡假村的員工。兩千年的時候，渡假村重新翻修，不知道哪個高層的點子，把這片養著牛羊的草原跟蒙古聯想在一起，也因此整個渡假村就蒙古化了起來。像戀愛的中年人，老去的空間一時之間年輕了，帶點微妙的尷尬。紅色的黃色的藍色的蒙古衣物，白色的羊毛氈，咖啡色的皮靴與長弓，金色鑲邊的器飾，黑色的琴聲在渡假村滾動著，像弓弦來回策動著久未活動的人群。小鎮沒有人去過蒙古，此刻我們卻一下活在蒙古裡了。

渡假村以蒙古包式的客房作為噱頭。王昭君與成吉思汗的巨大白色雕像半夜打上七彩燈光像俗豔的元宵主燈，餐廳烹煮大漠風情烤羊餐，文化館裡蒙古服裝出租僅僅一百五十元。父親在渡假村裡忙進忙出，目光所及皆是馬——馬奶酒，馬頭琴，馬靴，馬形旗幟，父親也姓馬，粗豪長相與中年發福後的角力手體格，儼然是半個蒙古人了。多麼新鮮哪。小鎮突然降臨了一個夢幻之地，空想之國，時間的馬戲。父親像是領主一樣，炎夏之地的大漠貴族。

很長一段時間，我對家裡的經濟狀況，是完全沒有概念的。由於繼母節制卻不至於儉嗇的金錢管理，小學時我覺得生活多麼愉悅，還有些富貴門第的錯覺（開學填的基本資料表，我一向勾選「小康」，長大後才知道什麼算是「小康」）。有陣子小鎮出現推銷員，他們陸陸續續地彎入窄巷小門，兜售生活中需要與不需要的物細。有時男子帶來一臺吸力強大聲響彷彿重型機具一般的進口吸塵器，「換算一下，這可以用上十年二十年還不划算嗎？」有時是一整套自然科學VHS錄影帶，從東非草原到熱帶雨林，極地冰原到酷熱沙漠。我對於一萬多元的影帶興趣缺缺，然而我看著贈品：市價三千元的白色長筒天文望遠鏡。我升起詭異的虛榮，我想要。最終她是替我買下了。

那四十卷的錄影帶中，我只特別挑出了「孔雀原來會飛」的片段反覆播放，望遠鏡也僅僅拿來看過一次月亮，只是比平常看到的大了一些，沒有特別的感覺。當我知道有個成語叫做買櫝還珠（或者其他更貼切的詞句），並試圖回想繼母容忍我這樣的任性，完全不是因為寬裕，而是其他說不清的東西，也是很久之後的事了。

在我與母親被那些無用之物包圍的時候，父親去了哪裡？

中學之前的父親是個謎團。有幾年他跟上了臺灣的股票熱，中午時候裸著上身在客廳吃飯，新聞的尾段我跟著他看電視上紅色綠色數字的跳動，跟父親說你的股票漲了我就多吃一碗。有時在溽暑全家驅車前往花蓮的號子，我在那裡陪著呆坐一個下午。不知道父親那幾年到底是賺了還是賠了。也曾經在家裡接起陌生人的電話，指名要找父親，母親說以後接到這種電話都說不知道，沒這個人。後來我一人在家時總是對電話有種微微的恐懼，即使我後來再也沒接到那帶著香港口音的來電。

父親曾經在臺東市區天后宮附近買下一間小小的飯店套房，大概當作投資之類。我們曾經像富人造訪渡假別墅一般，在那裡過了一夜。雙人床上擠了一家四口。偶然在轉臺時閃過的色情片，轉盤推到最底的空調，綠色的熱水壺，白鐵盤以及倒扣的玻璃杯，微微有點霉濕的空氣，那令人暈頭轉向床頭控制的床頭燈浴室燈玄關燈走道燈……大學以後有天想起那間房，繼母淡淡回說沒了。

沒了。

一間密室一樣的房間，從我們一家四口的日子中被擠壓出去。漂流教室，懸浮在天后宮的頂端。對我來說是個不痛不癢，精巧作態的意象，可能還帶點王家衛電影的色澤。但失去一間房間，對父母來說又是什麼呢。是斷骨一樣的沉重，霉斑侵蝕一樣的憂傷，還是夏日焚風後，彷彿被抽取記憶一般，無法再生長的作物？

謎團在時間中有意無意地滾動著，像原野上的乾草團，每當我想起一次，它們就輕巧地移動一點，卻始終無法從無邊的時間中離開。也像那些蒙古包，在渡假村大規模且慎重地集結，彷彿籠罩著什麼，卻沒人能夠看見內裝是精美還是破敗。我們以及其他幾個小家庭，後來陸續離開了那個渡假村。不知道是更好還是更壞，就只是消散了。

我騎著腳踏車，進入那尚未起霧的通學道，那帶著蟲蚋的逆風微微碰撞著，告訴我沒有人為此而死去，也沒有人為此而生。渡假村繼續營運著，那奔馳野馬的夢幻之地並未成為廢墟，園區邊牆上的五色旗隨風擺動，十尺高的王昭君與成吉思汗維持著動作。那似乎曾多次粉刷的，不自然的勻白，像骨頭，像牙齒。眼前的雕塑高如魔塔，像是時間對我們的挑釁，無盡的模仿。

我只是靜靜地，巡視那些從不久居的幸福。恍惚看見四口之家，草原緩緩繞行著。那竟是日復一日的傍晚，在保留些許光線的錯覺之後，瞬間就隱沒了所有。

走險

操場的西南角是一片細小紅砂地。小稗草之間，放置一座高大、磨石子製的大象溜滑梯。像大神坐鎮草原，四條象鼻滑道均衡向四方延展，雖然是遊戲器材，但可能因為滑梯下方半陰半陽，處於器材與非器材之間的空間，讓大象帶著一種異樣的嚴肅。滑梯下方的粗大中柱，或塗或刻許多醜歪的惡句。尜你娘（幹並不是一個好寫的字）。雞芭毛（不知道為什麼需要草字頭）。林×惠跟余信×相愛（多半是高年級生，看起來發育提前的樣子）。鄉下小學的遊樂器材，總有一種設計過度危險的疑慮，五年級時候校園設有一種類似輻射飛椅的設施，中柱可旋轉，頂上焊接十個鋼鏈與拉環，雙手抓緊，有人推動就能體驗高速離心飛旋，沒有速度上限（我甚至懷疑有人偷偷上油），成為最高級下課十分鐘挑戰。危險是親密的玩伴，不危險的東西不如不要玩。後來設施被拆除，據說是有學姊平行飛出圍牆外了。時間滑溜，時間停頓。大象溜滑梯的傾斜角度絕對是違法，最底的緩速平面距離也不夠長，衝出去，就像水漂石子一樣在砂地上頓彈。痛是很平常的事。

我睡得晚，很常遲到。但總是有同學早於七點到，六點半、六點到校的人也不少。校園裡露水飽滿，那麼早的時間上學做什麼？把夜裡結起的蜘蛛網一手攔下。在全數關閉的門窗裡挑出一個率先打開，讓空氣灌入。拉出靠攏的木頭椅，在磨石子地板上製造灰塵的痕跡。打開最冰的水龍頭，踩扁葉子與空罐，把學校叫醒。早起的競賽越來越激烈，有人六點到，就有人五點半到。連工友都不在，沒有鑰匙開門的小學生們要幹麼呢？半亮的天色裡，穿白襯衫的小孩就像夏天的鬼。學校裡開始流傳「不要太早到學校」的警戒。從前有女學生因為太早來，就在老師辦公室旁邊那間小廁所被強暴了。你們看過血手印嗎？小學生很快地在流言的控制下，恢復正常的到校時間，我則樂於安全的遲到，心想好險好險。

心是險象環生。六年級的古學姊，精神狀況不是太穩定。她有次把二樓教室走廊圍牆當平衡木在走。六年忠班起步走，斜靠牆的兩把拖把，六年孝班，沒有鎖緊的水龍頭滴滴答答，六年仁班……乳黃色馬賽克磚的圍牆長又長，她走到底又往回。校園裡有低沉細碎的噪音在滾。樓下低年級的學生，一排站著平均身高一百二，半張著嘴巴向上看，搖頭晃腦不知道是驚訝還是羨慕。樓下的老師像趕小雞，把學生一團一團嘰嘰咕咕掃回教室裡。二樓的老師趕大雞，一把攔腰、火線救援把學姊從圍牆上捕捉下來，拖地未乾的地板上拉扯。學姊豪邁而痛苦的吶喊持續了幾秒又停了。令人幻覺是剛逃脫，又被麻醉槍射中的象。

雖然說險路勿近，但回家路上的野狗想避也避不掉。週三讀半天，一群低年級生一起回家比較安全。我與鄰居小玉一起，加上隔壁班小真，三年級的學姊小玲，結伴走過夏日柏油街，走過曬乾的蟾蜍。實情是野狗又熱又懶，伏在三陽機車與小屋簷之間，除了把小蒼蠅抖開，沒有什麼動靜。

小玉家有黑色山葉鋼琴，拉門和式房，二樓書房有DOS系統286個人電腦，可以玩泡泡龍、送報童。客廳玻璃櫥窗裡面擺設日本娃娃頭人偶，紅色和服帶點陰涼。我看劉興欽漫畫《快樂童年》系列，戰爭末期到戰後的客家山村。小孩採蓖麻子做蓖麻油供給戰鬥飛機；村莊狂犬病肆虐，被咬到的人自願綑綁樹上，犧牲自我以免再傳人。午後家裡沒大人，我配著小玉家冷氣看得驚心動魄。

後來——後來我好像睡著了。後來小真壓住我的手，小玉壓住我的腳，小玲開始親我的嘴。我扭來扭去，多半是像丟棄柏油路上的蚯蚓。小玲穿著繡著小蕾絲的連身白長裙，整體來說十分勤勉投入，像生態池內的鯽魚。我靠在白色牆上，疲憊地抹抹嘴，抹抹眼淚。小玲拿了一張小白紙，鉛筆寫上，馬逸航很傷心。我說翊寫錯了。傷也寫錯了。傷寫錯了，像那時我也不認識的難字「傷」。小玉拿了兩顆康喜健鈣來安慰我，魚肝油加鈣，康喜健鈣我最愛。淡淡酸甜，舶來品的味道，我一顆一顆在舌頭上琢磨。

好吃耶。

那你再給小玲親一次，我再給你兩顆。

好。

康喜健鈣黃底鐵罐上面一顆小男孩的黑白大頭。

好像從哪裡剪貼過來，被固定住也在笑。

我的好朋友只有小玉，小玲寫錯字的這件事不知道要向誰提起。小學還是持續有一些鬼故事在游動：斑馬與長頸鹿晚上會換位置，蔣公會指揮牠們。像黑水裡的小蛇，日常裡滑行。有些謠言隨著臺九線南下，聽說西部殭屍橫行，現在已經從臺北跳到花蓮了。殭屍似乎也很有邏輯地規律移動，幾天之後據說又跳到玉里了。玉里與池上不過三十公里，那不是再一天就要跳到池上了！殭屍片裡有礦藍色的夜半光源，一些無法完全擋住人的矮樹（道長總要與殭屍順時鐘逆時鐘地跳）。殭屍從港片移動到臺九線上，沒有道長出馬，殭屍照他們的節奏誠懇地跳，沿著公路，也是一步一腳印的恐怖地理學。小玲小真過了一個暑假就轉學了。我偶爾還是被醒來的野狗追逐，被路邊把玩ＢＢ槍的惡童流彈掃過小腿。沒有人提起殭屍什麼時候跳離池上的。

圍籬內的熱病

四歲半的時候，在近乎野放的日子，在蝸牛、山苦瓜、野番茄、朱槿花的圍籬間，我在那裡奇異地學會了識字。沒有人知道為什麼。一九八六年，週四晚間九點，高亢急促，近乎歇斯底里的陽明春曉，李艷秋講解，張炳煌書法的「每日一字」時代。初鹿部落的邊緣，我與雲南騰衝來的外公，一起坐在殘餘張國周強胃散氣味的客廳，看那肥滿如毛蟲的墨筆，一點一捺寫下如幼童頭殼大的字。與此同時，建和青海路上，我的堂姑姑在部落經營髮廊。也許是為了她年齡跟我相近的孩子，髮廊內有著全套漢聲版《中國童話故事》。我在那裡耗過許多未曾上學的下午，遺忘吹整剪燙的聲音，翻開鋒利厚重的銅版紙張，刻意展露識字天賦，在故事中攀爬一遍一遍。

那是最早的故事。斑斕繁複的插畫與紋飾，報應與時間的遞變，人與動物的幻化。慾念，淚水，殘疾，動搖大地的善惡與神通。三百六十二則「中國孩子」的故事（那裡面甚至有莫那魯道與吳鳳），為我織造龐大豔異的幻境。神靈安排世間的秩序，水火木石在無限久遠之前都有語言。每個日子都有一個故事，每個月分都有一個花朵。安穩，躁動而危險的密室。在髮廊幽微而親密的理燙藥水氣味中，世界自始有了不曾與人分享的鬼神與通道。

每每母親接我回家時已接近傍晚，部落燥熱的風漸漸溫馴。我必須回到那與文字一樣，祕密，充滿騷亂，令我束手無策的人間。有時初鹿，有時建和。我的部落，是國語的，漢字的。我後來才知道它們有自己的名字——初鹿是Ulivelivek，建和是Kasavakan。

七歲以後與父親搬離建和，來到池上。蠢動的文字世界並未停止襲來，在幼年的身體中攪動，誘發。家中閱讀資源不算難得，努力當一個被教養的孩子，家中書櫃陸續有了厚重的《十萬個為什麼》、《漢聲小百科》、《小牛頓》、《吳姊姊講歷史故事》、《中國孩子的故事》。漂浮甜甜圈一樣的太空站，比薩斜塔是如何建成的，聞雞起舞的祖逖，恐龍是怎樣滅絕……十八歲第一次來到敦化南路，看見那濃密奢侈的行道樹，想到的仍然是《漢聲小百科》中的阿明與阿桃，因為他們說敦化南路是臺北最綠最美的路——八〇年代末的《聖經》，同代人的宮殿與遺跡。

但在那些簡明、清澈、潔淨的知識之外，更誘惑人的是，與母親去洗頭燙髮時，大片鏡面下堆疊的《翡翠雜誌》、《獨家報導》、《美華報導》。封面是恬妞崔苔菁許曉丹熊海靈溫翠蘋蔡佳宏李芳雯方文琳龍君兒鍾楚紅涂善妮……圓體血紅的標題蓋在臍眼上，像帶有吸盤的觸足，好豔異。許曉丹是這些雜誌的常客，奶頭與拳頭的戰爭，裸身的迴旋舞，髮廊單調的日光燈沒入極夜的鼠蹊。絲白綢緞下的乳房，微透紅疹的大腿，逆光的汗毛，暗巷中的分屍與凶殺，女大學生的性自白，槍擊，賭博與逃亡……在神話、歷史、知識圍捕不到的地方，原是危疑的熱感世界。瘦小如稗草的孩子，心室埋藏著雜音，在合成皮椅留下慾念的汗痕，蝸牛的涎跡。

池上的鄉立圖書館在我八歲那年落成啟用。在分類範疇完足的排列下，藏匿了巨大的禁忌與騷動。我離開同齡孩子群聚的童書閱讀區，輕巧地在哲學類、自然科學類、語文類行走抽取。《世界性文明史》，《查泰萊夫人的情人》，《人體大圖鑑》，《婦女百科全書》。特定的某幾頁，縫線被頻繁翻閱而逼近拆解。群聚的祕密。與性有關的文字，如雨後茸出的白菇，攜帶著水露搖動，勃發。

閱讀如果是密室，這些事物更像磚縫與孔穴，脫落的粉塵。在看似光潔的表面上，日漸擴散了那不可說，不可見的區域。同樣令人沉溺的是《瀛寰搜奇》，關於耶穌的裹屍布，安達魯西亞某間房屋牆上浮現的無名屍臉孔，讓我很長一段時間不敢注視房間壁癌的痕跡。在童年必須表演的學習與寫作天賦以外，那是卸除教養與規矩的異樣世界。那異樣像是凡俗人間的補充，或分解著我，如毛氈苔上的小蟲，田秧上粉紅的螺卵。性與慾望的霉斑重重，也是我的聖痕與鬼影。我被引誘，驚異，潛行，日復一日，以為只有自己在文字中發著這樣的高熱。

後來知道人間多的是像我這樣深陷洞穴的人，時間並不特別向我展示它的幽暗與曲折。

胡德夫在某個訪談中說，卑南語的世界裡，人在世界上的旅程，不過是一個被放置的狀態，「他沒有目的把你放在世界上的。」我豎起羽毛。

從圍籬翻身出來，我不過是隨之行走，隨之於大地上搖擺。當我動員那些時間，記憶像焚風過山而來。燥熱，恍惚，近乎無情。翻過早已不存在的，蟲蟻分散的朱槿圍籬，巨大的木麻黃聚落，悶雷一樣地繁殖。禁忌與色情並不來得過早，世間只是等待我以恍神的足跡，不斷暗示那其中埋藏的完好與缺損，平凡與盛大。

輯二／如果我是鳳飛飛，哥哥你一定會要我

如果我是鳳飛飛，哥哥你一定會要我

你愛我，我愛他，愛的世界你我他。親愛的聽眾，歡迎來到璞石閣廣播電臺fm96.5，週三下午三點半到四點半「臺九線上聽」，玉珍在空中，與大家分享優美的山地小情歌，生活的小故事。

如果我是女主角

我喜歡聽山地情歌，YouTube帳號裡有幾個播放清單，搜羅一些經典一定要。有些是歷久不衰時代金曲，投幣式卡拉ＯＫ點起來，麥克風三隻不夠，直接起來跳舞。〈小牧童〉可以，〈冷冷的心上人〉可以。但自己一個人的時候，我也有我的心上山地情歌。我尤其喜歡一些帶著「如果」的歌。

什麼是帶著「如果」的歌？例如鄧麗君有一首〈假如我是真的〉，莊奴的歌詞寫：「假如流水能回頭，請你，帶我走。假如流水能接受，不再煩憂。」「假如」這個詞像一個空紙箱，把人封裝起來擺到馬路邊。以為會抵達哪裡，冷風吹來，只是動彈不得。想起那些無緣人，腦中自動伴唱帶也播放，背景巴黎聖母院，克羅埃西亞，白色空心字填色慢慢走：「假如流水換成我，也要淚兒流，假如我是清流水，我也不回頭。」愛情幻夢的最佳註腳。

山地情歌歌詞比鄧麗君直白，但也有這樣物我之間的過橋。活躍於八〇年代的山地情歌天后蔡美雲（也算排灣鄧麗君了）有一首歌〈路上的石頭〉。她唱「你們把我當作石頭，在內文村的路上。每一個人，都要踩我，都要躲我。」石頭堅硬，晦暗，離群，接著她唱：

> 如果我是鳳飛飛，哥哥你一定會要我。

「如果」是這樣：想要我是，偏偏我不是。雖說即使是鳳飛飛，愛的習題也不見得有完美解答，只是「如果」讓人想像模範，更平靜、緩和、無衝擊的愛。蔡美雲的歌聲低沉，幽怨，轉音像野苦瓜藤纏繞，卡帶音源在YouTube上聽起來更沙啞多情。臺灣從前大小營隊活動的經典名曲〈偶然〉，她唱起來就像永不重聚的離別。後來原民臺也製作了尋人任務，從她歌詞裡洩漏的地址：「我是屏東縣獅子鄉內文村的老酒鬼，第一鄰九號的蔡美雲。」節目是找到了歌后，知道她早熟的歌聲與轉音，真正來自愛的挫折痛苦，而她依舊神祕沒有現身。

山地情歌也有一種客製化的特質，歌詞傳唱之間彈性流動，像可以拉來坐下的小板凳。出道時間晚於蔡美雲的包曉娟，綿延渾厚的轉音一樣出色，同樣的旋律她唱「我真後悔，我真後悔，瞎了眼睛愛上你。沒有想到你是無情，沒有心的男人。假如我是女主角哥哥你一定會要我。」真的很壞那個男人——姓名留白的女主角，板凳大家坐。傷心的人也要有頭，也要有臉。如果我是張孝全，哥哥你一定會要我。如果我是蕭亞軒，哥哥你一定會要我。

我願像一隻小白鷺

研究生時期有次寒假，跟美子開車沿著縱谷兜風，臺東池上玉里鳳林花蓮一路跟高中姊妹會合。臺九線的末路狂花，沙漠妖姬。車上當然山地情歌循環播放，聽到一首歌不知道名字，但歌詞旋律充滿旅情：

我願像一隻小白鷺，飛過萬里路。我想找一個好地方，卻不知飛向何處。
飛過三地門瑪家泰武鄉，飛過了來義鄉，飛過春日鄉獅子鄉，飛過了牡丹鄉。
飛向天邊萬里路，美景永遠追著我。就像海水永遠連著天，永遠的不分離。
我喜歡在藍藍的天空，自由地飛翔。

重播到這首，我們就在車上飛翔搖擺。幾年後美子去面試某個原住民研究單位的職缺，面試官問他，你知道屏東原住民鄉鎮的分布嗎？他想起那首小白鷺，心中歌詞跑馬，一路從三地門瑪家泰武飛到牡丹鄉，面試官心想這個師大臺史所的阿美族不簡單。一隻潔白愉悅的小白鷺，美子心中微微偷笑：真的是托山地情歌的福了。

羅列塔的醉歸人

有一首山地情歌歌詞困擾我跟美子多年：

有一天，到花蓮去喝酒，又到那個羅列塔。
在路上，搖來搖去，擺來擺去，掉進那個水溝裡。
有一位姑娘，見到了我，把我扶起來，原來她是心上人。

歌詞裡面好像有什麼故事，是山地版本的轉角遇到愛。歌詞重複變化，下段唱，有一天到臺東去喝酒，又到那個羅列塔。回到了家嘛十二點，太太罵我是個老酒鬼。只是我跟美子耳朵不夠靈，汽車喇叭又模糊，一直聽不出來羅列塔是什麼。

想了幾年，數位時代在YouTube連結到，原來歌名不能再貼切，叫〈醉歸人〉。我們沒聽清楚的羅列塔，就是臺語的蝸牛攤／露螺仔攤！對吧，蝸牛攤到位，歌詞就完美成型上色了。

我沒有從歌詞走出來，也是那個搖來搖去，擺來擺去的醉歸人。有一天，到東區去喝酒，又到那個Abrazo——回家的時候醉倒路邊，頭睡在黑板樹根。有一位哥哥，見到了我，把我扶起來，原來他是某警察。救護車守候在旁邊，我站起來笑笑說沒關係，我很好我很好。撥撥左邊頭髮上的土，又慢慢走回家了。

醉快樂

臺東市區的漢陽北路，是臺東的卡拉OK街。海耶，小酌屋，banana，醉快樂，小戴，丫頭。大多以小吃部登記營業，一臺投幣式卡拉OK機，簡約一些的四張小桌，豪華一點的附有包廂，L型蒙皮沙發椅。近年來也有時尚版本店家名為海嘯，布置像都會區的酒吧，大理石紋理桌面，人頭低消計價，但進去先點的——還是要一手經典台啤吧。二〇一六年，蘇打綠在宣布長期休息之前，在臺灣各處舉行了規模較小的巡迴演出，其中一站來到臺東鐵花村。幾個朋友都從北部下去了，有人順便回臺東老家省親，有人專程去臺東走走。我人在臺北，羨慕朋友們以音樂一聚。但羨慕的不是演唱會，是漢陽北路的卡拉OK會後會。

美子夜間撥電話來：「我們剛從鐵花村聽完蘇打綠，想說去丫頭喝一下，結果很誇張耶，吳青峰他們一群人也來喝，還坐在我們旁邊，媽呀！」丫頭老闆娘

Miziku大姊來自靜浦部落，招牌下酒菜是蔥蛋跟炒溪蝦，塑膠椅凳有時脆化裂開，會夾到大腿的肉。

後來美子邊喝邊唱，邊錄語音直播給我：「Amanda去跟吳青峰他們聊天了——」「我們併桌了——」「Marco跑去搶吳青峰的麥克風你覺得他有沒有很誇張——」後來想必喝開了，兩點之後就沒有訊息傳來。第二天聽到的消息是，吳青峰臨走前用黑色奇異筆在ㄚ頭的木合板牆上簽下了名字（牆上旁邊的版面是老闆娘手寫的經典歌單，40681沙漠寂寞53271小牧童這樣），老闆娘為了保留簽名，用封箱膠帶直接貼上牆面護貝起來。幾個月後我回臺東過年，還特地去ㄚ頭唱歌朝聖。

卡拉ＯＫ老闆娘多是有故事的人，酒後聽來半真半假恍恍惚惚。河邊半露天美式小酒館老闆娘金姊豪邁海派，年輕時候在美國浪跡，說當時她正和ＩＢＭ的設計師熱戀，「他們滑鼠的形狀有沒有，就是以我的屁股輪廓去設計的。」大家驚歎萬分，一雙部落美臀與數位時代的歷史剪貼在一起，是世界級的成就了。有次Marco國中同學Jimmy光臨小酒館。Jimmy是騎師，大熱天他穿一雙馬靴來。日曬木質的黑皮膚配雷鬼辮，也在活水湖教划船，像行腳節目會拜訪的在地達人。Marco說：「他之前會騎馬來喝酒喔，不信你問他。」Jimmy一臉慎重，「對啊，騎馬比較好，不會被罰酒駕。」

臺東市區幅員不算小，我們有時為了不酒駕，從美子家騎腳踏車慢慢晃到卡拉OK去。但騎馬還真的有點令人心動。我想像有一匹黑馬，在太平溪畔豐里橋下吃草，輕輕擺尾等他的主人茫茫醺醺歸來——畫面不能再更溫馨。

隨選點歌系統機臺還沒有那麼普及的時候，卡拉OK偏向手工藝。一九九五年，我國中二年級，臺東縣政府辦理全縣原住民學生歌唱比賽。為了比賽，我與父親去了臺東的杉旺唱片行一趟。比賽簡章有初賽決賽，要從指定歌單內選出兩首歌。初賽我選了齊秦的〈無情的雨無情的你〉，決賽選了李茂山的〈你的眼睛在下雨〉，選歌品味看起來不太有個性，但除了音域、表現力、難度之外，最決定性的原因其實是，杉旺音樂城所販售的伴唱帶裡剛好找得到這兩首歌。歌唱比賽需要練唱，我從歌單選好（可能可以唱的）歌之後，跟爸爸開車到位於臺東市區的杉旺音樂城挑歌。那是音樂城：雷射唱片伴唱錄影帶山地歌總經銷。老闆你們有沒有那個那個——說出自己選到的歌，好像透露自己對於歌唱的幻想幻影，有點難為情。唱片行白色的日光燈閃爍，壓克力錄音帶外面塑膠膜也像糖果紙，反射一種慎重輕盈的光線。

臺東那時除了杉旺音樂城，有個充滿聲音光線的地方也叫城。藍蜻蜓速食店旁邊樓梯斜下通往地下商場，叫做城中城。附近一家有駐唱表演的pub叫蝙蝠洞，招牌高高掛在二樓，鄉下來的少年很難踏足那裡。名叫蝙蝠洞，想像夜間可能有光束打在厚雲上，呼喚著夜夢與唱歌的人。那是我的幻視，但它們之間連成了一個狹長的三角形，指向一些可能的音符。其實蝙蝠洞曾是許多東部傳奇歌者與文化人的重要基地，我的遠望與幻想成了親切的巧合。那年我拿了國中組的冠軍，我那時愉快地想，臺東原住民歌唱比賽的冠軍，應該就是冠軍的冠軍了。只是後來也沒有因為唱歌為父親帶來什麼榮耀。

比較多的場景是，在漢陽北路唱過一夜，拚歌拚酒太快樂，搭客運回到池上家中一臉宿醉樣。耳裡楓紅層層，我心已打烊。父親鄭重地說：「還是多少收斂一點吧。你一個博士這樣，會不會太難看？」

小型時間

我是一九八二年冬天生的。胡德夫《芬芳的山谷》的歌詞本，裡面附上了編年大事紀，當年他加入黨外編輯作家聯誼會，隔年寫下〈最最遙遠的路〉，獻給「旅北大專學生聯誼會」的學弟妹們。這些事情嬰兒的我不知道，那時的父親大概也不知道。在我十八歲離開東部之前，都聽瑪麗亞．凱莉，聽席琳．狄翁，溫嵐徐懷鈺王菲蕭亞軒，臺北女生紐約女生的情感造型，轉音習作，從來沒有聽說過胡德夫。關於殖民，族群問題，原運，還我姓名，美麗島這些問題，手腳很難伸到池上，比較容易聽到的原住民歌手應該是林玉英（但很長一段時間我因為〈小雨〉而以為她是閩南人）。但不是胡德夫的問題，也不是池上的問題。

小時家中有個例行的夜晚CD時間。父親洗完澡，裹著浴巾出來（那浴巾的圖案是紐約或其他大城市的夜景），細微的蒸氣繞行厚實的身體，像縮小的火車頭。

他按下房間ＣＤ音響的PLAY鍵（平常不能進去的主臥室好像是另一座城市），鼓點與類擊掌的合成音效，節奏之後是歡呼，轉音，女聲強壯地上下抬升，沉靜的一樓也像二樓了。日後才知道是惠妮．休斯頓的I Wanna Dance with Somebody，我那時也真想跳舞，但不好在父親面前PLAY——When the night falls, My lonely heart calls.

天黑之後，寂寞的心呼叫起來。

離開家裡，有了自己的ＣＤ時間，想跳舞就跳舞。還是繼續聽那些女生的歌，有人更趨空靈，有人輕易地走精。偶爾也買一些原住民的唱片，為自己的身分做些補償認同，像是紀曉君的《太陽 風 草原的聲音》。（但最認真學的竟然是〈婦女除草完工祭古調〉。後來才知道那叫Emayaayam，鳥鳴之歌。）也聽巴奈〈泥娃娃〉，貼著水溝自言自語那樣低沉感傷。碩士班時候租房在新店一棟老公寓，地板鋪著舊式的櫸木拼花地板，三房格局，我分配到近乎空曠的主臥室（真是另一座城市了）。只要播放〈泥娃娃〉，時間就會變成潑水的石板，透出不情願的灰。對照那時候不甚順暢的感情跟學業，若說是無病呻吟就太不厚道了。流浪到臺北，誰不希望在心頭上受點補助。這些音樂固然不是生活的全部，但也像那些父親浴後的片段，在記憶中自動擴編，整隊，填充空蕩的租房，只是從壓抑歡樂的抬升，變成自在孤單的積水而已。回到池上，偶爾也會買上幾張CD跟父親分享，《高山阿嬤》，《海洋》，《Am到天亮》……這樣大概比較「像」。有段期間瘋狂迷上巴奈版本的〈臺東人〉，但不是因為我是臺東人，而是移山倒海樊梨花。

二〇〇五年十月，在花蓮舉行了一次盛大的原住民文學研討會。我是菜鳥研究生，在晚宴第一次親眼看見胡德夫。第一個念頭是：跟父親好像。

上次令我有這種感覺的男人是柯俊雄——那讓我不太敢重看電視劇《孽子》的開頭，不是害怕柯俊雄穿著木屐在巷弄裡追打李青的氣魄，而是他把李青趕走之後，待在陰暗的小廳裡，如一頭頹敗的象低著頭，喘氣。昏黃的光線意圖冒犯什麼，斜斜地侵占半截手臂。當然胡德夫不是那樣的。比父親歲數略大一些的他，像另一種父親的選項。茂密（這比較難）霜白的短髮，清淡的醉意裡隨興行走出來的聲音，與孫大川拿著宴會廳裡的麥克風搖擺著。我想研討會結束回家後可以跟父親炫耀一下。

那年四月，胡德夫的第一張專輯《匆匆》也發行了。這個與父親相像的，歷史一樣的男人，原來聲音是這樣的啊。（「歷史一樣的男人」這說法當然很奇怪，但我真是先讀臺灣文學史，而後才聽到歌聲的。）《匆匆》的裝幀非常美，人認同樹或樹認同人，叉開的雙腿，名字，歌名，簡略的風的線條，金屬綠畫過布紋書衣。我攜帶CD回到池上，與父親蹲坐在客廳分享（當年主臥室的音響早壞了）。才發現胡德夫也唱了我聽她們唱過的歌——其實是她們唱了他唱過的歌。例如巴奈的〈大武山美麗的媽媽〉，紀曉君〈美麗的稻穗〉。高山阿嬤唱的〈大地的孩子〉，正是胡德夫在八〇年代初期，參加新民謠歌曲徵選的冠軍歌曲。讓客廳空氣伸展變幻的，是〈standing on my land〉，從郭英男的馬蘭部落傳唱歌謠〈拜把兄弟〉改編而來。「Oh I roared ! oh yes! I'd been roaring out loud thunders. Till now we really need is lightening to lit the road to the mountain-ma-ma, and the old old heart.」雷聲，閃電與乾燥的心，胡德夫的聲音像可以包抄一切，最細小的音量也是潛伏的旱溪，可以漲起與流動。不過接下來的敘事很平淡，我回到老家的房間裡發懶，父親在客廳看電視，像CD包裝上的胡德夫一樣叉開雙腿。我沒有因為胡德夫的音樂，變得更愛土地或者更不愛土地一些。

去年胡德夫還演了電影《阿莉芙》。他飾演的頭目達卡鬧，北上找他的兒子Alifu（阿利夫／阿莉芙），他不知道在髮廊工作時候，在臺北時候的兒子，是比較漂亮那種。他看著銳利美豔的阿莉芙問「我的孩子在哪裡？那個很男人、很帥（sauqaljai）的孩子，叫他出來。」孽子的情景逆轉，胡德夫走出髮廊，阿莉芙穿著高跟鞋在巷弄裡追趕，爸爸，爸爸（還一定要配合跌倒喔）。我不知道為何與父親相像的男人，也要巧合演出那些與我們相像的小難關。後來胡德夫一路走回部落（電影裡面真的一直拍他走路），背景音樂是〈美麗的稻穗〉。畫面聲音的組合MV一樣彆扭，但裡面的山頭黃昏，公路的水泥矮欄，過站不停的車，我與父親一定也見過，只是沒有演化成衝突——僥倖地被誰竊取了。

兩天前洗完澡後，在房間放胡德夫給男友謝利聽。《時光》CD附上厚厚一本寫真，像引誘誰開始思想歷史。謝利說，沒想到錄音品質這麼好。為了討好他或者討好時間的質地，藍牙音響繼續放著，我戴上耳機接著筆電，聽YouTube上面的林玉英山地情歌全集。（林玉英的離開，跟當年惠妮．休斯頓的離開，讓我感覺一樣惆悵。）耳機外是〈頌祭祖先〉與〈橄欖樹〉，耳機裡是心上人呀心上人，請你不要把我忘記呀心上人。胡德夫在外面，我躲在裡面。小型時間，小型記憶，也許能保留某種空曠，鬆散的依賴。

大地的孩子愛不愛草原呢？也許暫時先不想這個問題。

山地話／珊蒂化

四大天王並沒有來

磨石子地板穿堂，大片橫拉玻璃櫃裡面，有反毒宣導海報，書法比賽微微起皺的宣紙，毫不重要的技藝占了模範生活的大半。國中校園夏日午後的風大多重複，只有少年濕潤的期待，使得空氣乾燥程度略有不同。傍晚回家日日收看華衛音樂臺，MTV臺，週期播放著遠方風景。瑪麗亞．凱莉，席琳．狄翁，恩雅。寶藍夜裡的長鞦韆，窗外奔跑過獨角獸，四柱床上愛的幽魂，花崗岩廳內橘色海鰻一樣揉動的焰火。我模仿那些毛線一樣的轉音，頂樓炎熱的鐵皮加蓋，沒天涯，沒海角。

突然四個乾淨的男孩出場了。音樂錄影帶裡海灘上布置派對，CHACHA舞池。香港四大天王的複製品，人工寶石內裡的折光。給個擁抱，恰恰。舞到高潮，恰恰。整個世界，跟著我跳。MV搭配賣機車的廣告，沙灘，短褲，低解析度的海浪，在靜止的夏天裡旋轉出水痕。想把他們看得更清楚，貼著螢幕看出畫面不過是三色長條光柱組合排列。臉頰逼迫著密麻的靜電，明暗跳動的光浪。被抽取的事物多半平凡無奇，我知道他們並不藏在裡面，但不知怎麼能夠靠近他們。

母親在那個夏日上臺北出差，拜訪親友，回臺東前特地撥電話問我要什麼。我什麼都不要，我只要四大天王的錄音帶，他們是夏天的男兒。後來臺東機場接到了母親，也沒給母親什麼擁抱，急忙上了轎車後座接下禮物，門牙劃開塑膠封膜，歌詞新紙有淡淡油膠味。皮質座椅發燙，車窗隔熱紙失去效用，一片海洋在手裡燒。我把卡帶遞到副駕駛座的母親手中，錄音帶被小匣口側身吞食進去，時間開始轉動。

給個擁抱，恰恰。舞到高潮，恰恰。

不需要跟父母說話，父母也沒有跟我說話。一首歌連綴下一首，熱情的，哀怨的，獨唱的，合唱的，四個男孩的歌聲反覆組合。我像一頭終於找到毯子的狗，在座椅久坐的凹陷處窩著，世界只要這樣就足夠大。

也可能終究是不夠大。待在頂樓的書桌（真是自己的房間），鐵皮頂滲透白日蓄積的熱氣，我像自己的臟器，在無人目擊的地方運轉著。偶像雜誌上留著給歌迷來信的住址，我們歡迎各種禮物喔。男孩們偶爾會在訪問中展示歌迷寄來的禮物。像金紙堆的信件，純白色笑容枯燥的熊，乾燥後不會再凋謝的花束，手織的圍巾……純真時間堆積起來的爐火。他們會收到的。我也把歌詞本攤開，照著他們的相貌畫繪，也想成為被焚燒之物。也許會被觸碰：這是來自臺東的馬同學畫的喔，畫得很像對不對。會有這一刻吧。雜誌裡登載著收件地址，四大天王收，掛號投入遠方的金爐。

某天我知道，我不用再去投遞自己，他們會來這裡製造海洋。報紙寫下暑期的歌迷見面行程，他們要在統一文化廣場辦簽唱會，就在兩個星期之後！他們的歌迷一定不多吧，我會在最前面的。但兩個星期真久，穿堂訓導處旁的公共電話，過去都是拿來打給母親的。忘了參考書，忘了帶營養午餐費，忘了雨衣，忘了畫具。只有這次是自己真正記得的約定，但他們失約了。

「您好，我想請問一下，四大天王在臺東統一文化廣場的簽唱會，這週六是在下午兩點開始嗎？」

「因為擔心人數不夠多，所以我們臺東那場取消了喔。」

那時候誰知道客訴是什麼，也沒有人可以上網（我尚且沒有電腦）呼叫其他粉絲。也不是失望憤怒，而覺得那是應該的：也許對他們來說，只有一條魚的海洋是不值得涉入的吧。其實不過四年之後就到臺北念大學，有了其他的偶像，遇見了其他魚，甚至在他們也依舊美麗的時候，就已經不喜歡他們了。

但日後所有獲得卻注定是缺損。因那始終回頭提醒著，四大天王並沒有來。

攤開時節

機車騎士停在檳榔攤前，告訴我他要買什麼。

「一包轟A。」

轟A？

我拉開排列香菸、零錢、打火機的抽屜，有紅色的大衛朵夫（紅豆仔），黑色的大衛朵夫（黑豆仔），七星，白長黃長。找不到聽起來類似的，拿起一包不認識的菸向機車騎士比畫，「這個？」他搖頭。這個……這個……真想把自己也關進抽屜裡面。只要母親一上廁所，檳榔攤一定就會有客人來。母親對我的代班職訓只到菁仔、包葉子、特幼的初級班，還沒有到香菸品項辨識。

短跟涼鞋的聲音敲擊地磚，母親回來了。倉促地擦拭，淺色牛仔褲上按出幾刷水痕，走到攤子前面問不耐煩到發燙的機車騎士：「歹勢啦，愛啥？」母親拿出一包上面寫著「峰」的香菸。香檳金底色，墨黑書法字，很雅的包裝。機車騎士捲起塵土離去，母親爽朗大笑，我吐舌擺出有點困窘，撒嬌的表情。我害怕母親上廁所，留我一人顧檳榔攤的時候。畢竟來高雄找母親，總是短暫停留，不像其他跟父母長住，動作利索的生意子弟。沒有與母親生活在一起，一人在攤子上的時候也格格不入。母親動作勤快，性格海派，不知道生命哪個階段鍛鍊出這樣的能力。只知道她年輕時候不抽菸，與父親離異那時才開始。我十七歲時，母親在她再婚的那天，跟我說她為我戒了菸。但過沒幾年我開始抽菸，至今仍然沒有為了母親戒掉。

母親的第一個小檳榔攤在苓雅市場附近，三角窗超市外邊的騎樓位。小學曾經趁暑假的時候，去母親在高雄的住處偷待一個星期。不像離家，不像探親，像進城玩，那裡有久久能見一次的母親，有鄉下缺少的各種補給。陪她坐在攤上，接下刀刃蟹鉗模樣，柄部紅橡膠蒙皮的檳榔剪，檳榔頭尾斜斜切去，讓一座檳榔小山移動成另一座檳榔小山。一些檳榔在透明袋膜裡呼吸，滲出淡淡的水霧，一些剖半的檳榔躺在網格塑膠小籃裡，等待修整，包裹。七月盛夏，高雄的熱與臺東的熱，以不同的技巧折磨著人，但只要把手偷偷放進檳榔攤白鐵冰櫃裡，就能短暫獲得冷涼。我做小孩沒那麼孝順貼心，總是一顆一顆數算著，再堆幾堆檳榔山之後，就能去街上晃蕩。收攤之後也會與母親去六合夜市，至今她喜歡的那間海鮮粥還開著，還是google評分四點四的名店。我總是困惑，這麼熱的天氣吃這麼燙的粥？我像一隻不安的小鼠，時進時退，時熱時冷。一年中只能會面七天，對哪個母親，哪個兒子來說都不會是足夠的吧。那些對映的寒暖，不過是我們生活冰炭裡面的一面小鏡子。

我上大學之後，母親搬到了更熱鬧的路上，位在左營區住商混合大樓一樓的攤子。攤名叫「好的檳榔」。接起電話來，只要精神說聲，好的。比從前市場邊的攤子熱鬧許多，附近有美髮沙龍，便利商店，大落地窗的咖啡廳，漫畫店，稍遠有巨大量販店，附有Spa的游泳健身中心——剪完檳榔後我的名堂更多了。

母親總是有辦法讓攤子保持熱鬧，像把整個高雄都招呼進來。滷豬腳，烤肉，麻將，涼拌辣筍子，朋友們來來去去，母親手邊一瓶磚紅抹布包起來吸濕保冰的鋁罐海尼根，微醉的時候說點黃色笑話，或把我小時候的樣子再笑一遍。她生了我，她見證現場。有時收攤晚了，鐵捲門半掩，隔絕一些疲倦熱烈的晚風。她看著我，懸著一點淚水。媽媽對你好，絕對不是因為覺得虧欠你。跟白天豪邁的樣子不同。我輕輕說，知道了，知道了。像檳榔內裡被挖掉的心，必須分離一點才不苦。

不在母親身邊的時候，四處也是檳榔。小時候校園總有各種名目的繪畫競賽，環保的，反毒的，反酒駕的，消防的，交通安全的，租稅的，孝親的。世界眉目嚴整，什麼秩序都需要孩童理解與承擔。我是好學生，未來的主人翁。白色畫紙上血盆大口，一顆翠綠檳榔墜落旋轉。檳榔一顆，遺害一生。競賽就是恐怖與標語。死神，白骨，鐮刀，血與白煙，黑幕遮蓋藍天，不守秩序的人不可以。或者考試作答：檳榔會引起口腔癌；山坡地種植檳榔會破壞水土保持，是引起土石流的元凶。也不是真相被封閉起來，是生活被封閉起來。並非是要得出類似，檳榔雖然如此，但畢竟撐起一家生計的結論。我只是疑惑，自己怎麼把檳榔或母親，與其他時候的自己分開的。

即使在臺東時，與父親開車途經臺九線那些山坡地上，像劍山起落的檳榔樹群，也很少讓我想起母親。讀到那些寫檳榔樹姿態的詩，寫初嚐檳榔滋味的詩，或者女性人物堅毅撐起生活的小說，也一樣不會想起母親。只有某日下午，我與那時的情人前往當代藝術館，在新光三越後面的畸零地，鐵皮碎棚架，搭著三塊檳榔看板，像格格不入的我。裡面沒有人，不知道何時曾經營業過，燥熱午後一條老狗懨懨地坐著。我在那時想起母親，想起苓雅市場旁邊的小攤與暑假，想起伸手可觸的冰櫃與水霧。

但後來一定有人提醒我這是夏天，短到不能再短的夏天。

攤開時節，剖半的心。沒有留心的短暫午後，就又闔上了。

更年

生母在我高中的時候再婚。高中生不知道禮數，繼母帶我去池上的金子店買了一串金手環。細小的金色蘭花，金工不算特別細緻，花芯雕成三四個錯落小球，花瓣倒是密密刻出了髮絲一樣的脈紋。錢是繼母出的，我幫忙協助遞送，在兩個先後擁有同一個丈夫，同一個兒子的女人之間。遞送的東西除了禮物，也包括自己。

繼母年紀比生母大幾歲，我先見證了繼母的更年。

我的習慣不好，喜歡先斬後奏。大學時候早早與同學約好連假週末來池上玩，我週五晚上提前從臺北抵達池上，到家後才報備隔天學妹要從臺北來家裡作客。狀況突然，父親反應激動，「什麼都是你自己決定就好！我們都不用準備嗎！」壞習慣讓父親爆炸早已不是第一次。我習慣拖延，躲避情緒，愈嚴重的事情愈懶得開口。這也反映在我的人生管理，目標短淺，死線能拖就拖，對於大型的未來企畫全無認知，只能算是被生涯規畫。

父親的情緒波動聽起來像是接待外賓大使等級，但其實要來的只是兩個隨和的女孩。我丟下訊息後就逃回房間，池上的家像個小土甕，忠厚的殼裡面裝載一些不調和的殘羹。後來聽見父親轉而對母親發怒，大意可能是不管怎樣，總之家裡有客人了，妳就得處理。小村子的夜非常安靜，兩個字，三個字或更長的憤怒在牆裡彈跳。破掉的小氣球，沿著窗與門的縫隙溜出去搖晃那寧靜，像熱水底的茶葉攪動起來，暈眩的翅膀在水中漂。

憤怒的詞彙總是單調的，消耗完後，空氣中的茶葉又沉澱下去。

我走上二樓主臥，小小聲說一聲「媽」。繼母沒有罵我，或其實是沒有看我。像病人靠著床頭櫃坐躺，她的焦距停在臥房的中心點，彷彿有一些蚊蟲形成的霧團在中央遊蕩。令人想起一些傳達萬物皆有佛性的動物攝影，瀕危的牛，離群的羊，流下凝結了全數靈魂的半透明眼淚，反射著死的邊緣。「最後還不是我要收，每次，每次都這樣。」菱格形狀的冬被蓋到腹部，吸收了一些濕氣，母親抖動著肩頭，雙眼一直沒有移動。我回到房間之後，不久就聽見因為清掃，家具被挪動，碰撞的聲音。已經是半夜十二點，拖把棉尾吸了過多的水，在磁磚上製造出吧嗒吧嗒的聲響。第二天走出臥房，地板的水氣早就乾了，留下蟲翅般的輕薄光澤。家中清潔有序，母親一貫操持家事的高水準，安然度過有訪客的週末。

久久返家一次，會在母親床頭櫃上看到一些相關的錠與膠囊。不知道那些體內或屋內的震盪是否漸趨遲緩，後來沒有再看母親哭過，也沒有人再提起這件事。

◆

生母有一陣子與丈夫住在臺中，養了一條吉娃娃叫妹妹。毛色烏黑，像吃了過多的肝臟。

我喜歡倒摸她的毛，看毛髮依序回彈貼近原有的皮膚。像大部分的小型犬，神經質。也喜歡挑釁她，掀起長著鬍鬚那塊嘴邊肉，看底下的小尖牙與牙齦，犬隻口內的氣味浮動，像一碗微溫的湯。母親後來因為搬家，必須把妹妹送養。那時我正在寫博士論文，也是人生的小關卡。母親某晚用LINE通話，說起妹妹，悲從中來。

「我很想妹妹啊，可是就不允許呀，我很捨不得你知道嗎？」

分不清生母有沒有喝酒，人在悲傷的時候聽起來總是有點恍惚的。額際的髮絲沾了悲傷的汗，貼在皮膚上，叉開聚合，像高空攝影尺度下的河流。「媽媽不要你覺得我在補償你，媽媽對你好是因為，你是我兒子。你會看不起媽媽嗎？媽媽沒有像你爸爸一樣讀書比較高……我現在常常動不動就哭，好像是更年期……」父親是農校畢業，一般來說也不會被算作高學歷。我覺得那可能是為了傷心而傷心，因為我也是那樣的人。更年期聽起來（畢竟沒有真的看見）好像真是難熬。想像母親脖子斜斜地靠著手機哭泣，手機也斜躺在母親掌心。玻璃螢幕上有著皮膚的油痕，像拓印，一手撫著臉頰又熱又哀傷。不知道是不是像身體裡面有一些磚塊，蜜蜂，水鰻在游動，捉也捉不住。

◆

對母親們來說，更年帶來無法控制的哀傷，不會是轉瞬消失。我還是只在快沒錢的時候，煮菜要求救的時候輪流打給母親們。久久碰面一次，像在陽臺單獨運轉的洗衣機，想起來的時候，已經脫水完成，洗劑冷淡的清香，與輕微的霉混合在一起。我沒有為她們的更年完成什麼，母親們自己把自己清掃好了。

今年同婚公投隔天，許多人感受到前所未有的挫敗。我覺得遲遲未向生母出櫃的我，好像錯失了一票。補償心態，或者先斬後奏的老毛病，我寫了一篇地球文在臉書上，寫了一些過去遇見的善與不善，寫了一些比我想像中溫柔包容的人例如父親，結尾寫了自己「還想嫁呢」。我對婚姻沒有特別的嚮往，也不見得想落入嫁娶的位置選擇，只是個自認俏皮的說法。

但生母看見了，用更年那時的哭泣撥了LINE給我：「你要嫁人了嗎？」我對生母的反應有一些心理準備，也想好了適當的說明。但問「你要嫁人了嗎？」跟「你喜歡男生嗎？」，還是不太一樣的。也許她無法想像我穿上白紗，跪別一父二母。也許擔心我嫁了之後，也要面對憤怒的丈夫，面對一段令人提前衰老的失敗婚姻。也許擔心我也會有一個必須送養的兒子或者吉娃娃，也許也會遭逢令人浮亂哀傷的更年……「媽，對不起。」幾乎脫口而出，但我逼近無情地跟母親說，我不會為這件事對不起，因為我們並沒有錯。

隔了一個星期，生母又撥LINE來，說她最近找到了新工作。在我沒有看到的時候，又把自己清掃好，或許又經歷一場浮亂之苦。

過年快到了，我還是需要在兩個母親之間遞送自己。

想來只有我仍未清掃，仍在拖緩。但也想讓自己成為禮物，聽她們好好說話，不用遲至下個更年。

蝸牛之路

初鹿的外婆，偶爾會在這樣的時刻消失一陣子。

午後三點，陣雨弱下來，空氣中游移著陰涼的土味與草氣。遠處的狗吠聲，被稀落的住宅與小徑隨意地分散去。誰的拖鞋踏過菜園的碎石，發出微微嘎啦，嘎啦的聲響。

檳榔樹上懸吊的雨滴，凝結落下，打在波浪鐵皮屋頂上，像滴漏。竹掃帚將空地積水撥向小溝，梳齒一樣的水痕，又緩緩聚合成一攤淺漬。

親愛的媽媽小姐天天馬拉桑，保力達加米酒。

卡帶音響裡林玉英的歌聲傳來。更遠的地方，越過野芒，兩頭小石獅坐鎮的小廟，彩漆斑駁的托兒所，傳來米酒套水一樣，淡淡的麵包車聲。

阿嬤去哪裡咧。

去撿蝸牛。

等到外婆再次出現的時候，已經帶回來了上百隻蝸牛。牠們彼此堆疊，吸附，像巨大的卵群。有些緩緩地向上攀爬，倒掛，肉質部位吸附著鐵籠的八字孔。好奇觸摸一下，那肉質部又驚訝地退回殼裡。慌亂失措的人，裹進自己的殼。掉回鐵籠底部的蝸牛群中。撞擊了他人的硬殼，幾聲零星的滾動之後，又陷入了寂靜的黏著。

無聲的雨後下午，如畫紙的細微紋路，喇叭的磁響，騷動著時間的私處。蝸牛叫牛有點道理，臉孔近似於縮小的哺乳類動物，探測球一樣的四隻眼睛，在靜默的牢籠中畫著小小的圓圈。內縮，又緩緩伸出，內縮，再伸出，像重複一些徒勞。我好奇外婆的蝸牛大隊，觀看牠們的時間，也是如此徒勞過去。零散的高麗菜葉，牠們嚼出海岸線的破碎邊緣。手上沾著淡淡的黏液，長大後想起來那與人體某些黏膜部位的觸感竟也相似。

幾天後，一鐵籠的蝸牛盡數消失，空氣中傳來草木燃燒的氣味。

蝸牛的黏液須以草灰去除。以大石破殼，分離肉質與碎殼後，將帶有黏液的蝸牛肉混以草灰，搓揉，水洗後，黏液自然脫除。以九層塔、辣椒、薑絲、蒜頭、米酒、醬油快炒，上桌的蝸牛脆口，鹹香。不得不想到黏液混合草灰後，那如冷去熔岩，微微閃耀流動的色澤，豪奢的死亡之光。那腥甜如同體液的氣息，敲碎蝸牛殼的敲擊聲，多少令人妄想，若不知情，就能有純粹的快樂。

不知不覺也爬行到另一個渺遠虛幻的他方。城市比山村更常落下灰暗陰冷的陣雨。有時竟令人想沿著小巷的溝蓋尋找蝸牛，或乾脆自己成為蝸牛，至少留下一些蹤跡等誰捕捉。

卑南語中，蝸牛叫Linlin。有時去熱炒店喝酒吃飯，九層塔炒蝸牛上桌。開玩笑就說，我是A-lin的妹妹，Linlin。阿美語說Cumuri，聽起來像煮牡蠣，或者祖母綠。

「你知道，塔香螺肉，大部分都是非洲大蝸牛嗎。」我問當時的男友里昂。

「啊，不是螺肉喔？蝸牛可以吃嗎？一定是你們山地人愛吃的。」

我知道會是如此，他終究對我的來處所知無多。爭吵需要能量，那拖沓的愛裡面消失了水分。只是消極地想，沒有什麼理解是必要的吧。像是喝酒後總是與他起爭執，午後醒來愣愣看著時間的空轉與徒勞，棉被一裹翻身對著白牆上的膠痕，終究退回殼裡。以為抗拒了，躲避了差異。也不在乎他叫不叫我山地人了。我頑固地縮回自己的眼目，其實也只不過是織造一個等待成為食材的陰雨天。花瓣一樣舒展又閉合的口唇。靜視十秒鐘之後，彷彿無中生有的眼足。白色BB彈一樣叢聚的小卵。乾涸精液一樣的涎跡——那些緩慢近乎靜止的記憶，彷彿餘留只是為了證明其渺遠與虛幻。

蝸牛也是，五歲與三十五歲的自己也是。

後來還是離開了他，離開了那個陰雨但不知蝸牛在哪的城市。過年冬日，我從鼎東客運初鹿站牌，上坡走到外婆家。穿過部落主街，尋常人家騎樓掛著像是理髮廳的燈箱招牌，楷體紅漆寫著粗獷兩個大字「蝸牛」，旁邊懸掛兩個乾燥的螺旋空殼。這樣乾晴的冬日蝸牛在哪裡？那畢竟展示某些可謀畫等待的事物，模糊之間，彷彿又意味我自己只是陰險地退縮，死透，乾燥。那無數陣雨之後的尋路與爬行，終於只是知情的徒勞。

龍過脈

一九八九年，父親與母親離婚，我被留在池上生養。

從池上開車走臺九線往臺東方向，在鹿野與初鹿之間有幾公里山路，所經之地稱作龍過脈，蜿蜒脈管，地龍身軀。我習慣和母親一樣，把它發成聾過默。母親住在初鹿，初鹿沒有鹿，有牛。乳牛與蝸牛。抵達初鹿前會經過龍過脈。南北向的彎山路像一個閘門，穿過我們共有的聲音，就能到達那裡。我八歲，雖然池上初鹿兩地不過四十公里，但那就是到不了的地方。不盡然是年紀的限制，對那時的母親與初鹿外婆來說，我所在的地方亦同樣是牢籠。

外婆的手非常巧，身體還健康的時候常做手工。刺十字繡。用彩色玻璃絲襪鐵線做出花朵。數以千計的吸管肉粽群聚成更大的碎形角球。也有鈔票旺來，毛線小狗。我四五歲時，她能抓下停在土芭樂樹上的金龜子，用縫衣線繞出一個小圈，套進金龜子的後足輕輕束緊，另一端讓我拉著。金龜子繞圈飛行不止，我手滑不小心放掉，牠帶著一腳長線遠飛，消失在逆光的土芭樂後面（怎麼有點是枝裕和的味道）。小孩當然也抓得到金龜子，但沒有那麼細緻的手工能纏住纖小蠢動的後足。我不知道這是外婆的發明還是傳統，但在往後的日子中，這項技藝真是失傳了。

有些小事是成年後每逢過節母親聊起的。但到了能夠跟我說以後，那些話題的重複頻率也如同其他母親一樣，順其自然地提高了。一如大家都有喜歡循環播放的幾首慘情歌。她說她的雲南爸爸與卑南媽媽，從前住在比現在老家更山上一點的地方。洛神，茅草，月桃，相思木柴。我並沒有看過那個地方，但似乎在那山上他們能做的勞動都做過了。說起來那些往事，總是斷斷續續，我知道那有點艱辛，卻不知從何思想起。母親膚色異常的潔白，在那小小的村落顯得秀異，卻有著與年紀不太相稱的指節。也有一些笑話在過年庭院的板凳上重講。大意是說，外婆剛與外公結婚的時候年紀相差甚多，外婆不識男女之事，語言也彼此不通。新婚第一天就從山上外公的家逃回部落娘家，驚恐地邊哭邊說：「他要殺我！」外婆的母親又把她推回山上，安慰說他沒有要殺你。外婆後來生了五男二女，阿姨舅舅們聽到這樁舊事，開玩笑說那大概是殺了很多次了。

有一件事，我與母親外婆一同經歷，但從沒有一起回憶過。

小學四年級的一天晚上，繼母說「你媽媽來找你了」。一臺白色的小房車，停在隔壁戶的L型轉角。我打開車門，一雙手半拖拉半擁抱將我攬進車內，是外婆。旁邊坐著母親，我不知道她們為什麼會在這時候出現在這裡，也許是開車去花蓮拜訪親戚路過，或者剛吃完喜酒返程，或者是專程——外婆哭著，我還不清楚那是什麼情緒，但也開始哭。外婆手臂的皮膚很薄，像搓揉一下就會與蒜肉分離的乾蒜皮。我一手扶著外婆的手臂，一手貼著外婆的背，兩個人抽抽抖抖，冒著汗水與夏夜的蒸氣。滾滾，滾滾……我與外婆抱哭，也依序與母親抱哭。她們過了龍過脈才到這裡，等等也要過了龍過脈才能回到初鹿。車子沒有冷氣，這麼熱，距離跟時間都很難熬吧。

白色小車載著她們從家門口往省道開去，車尾燈只會縮小。我拿了她們送的兩袋水果進到家門，放在廚房桌上。電風扇間歇吹著粉紅色的油紙袋，一顫一顫，像疲勞飛行，來不及收翅的金龜子。

鱈魚岬的寶嘉康蒂

我曾親眼見過狐狸。

氣泡水材質的晚春下午，從波士頓回臺的日子還有十天，我讓不算熟識的男人開車載我前往兩個小時車程的鱈魚岬。我總是把鱈魚岬說成鱈魚角，像鼻頭角，三貂角，令人想起奶茶色，米漿色，烏龍色的岩層，馬鞍藤，林投。也會想起藍紅綠錫箔紙包起來的鮪魚角。過新年大批完食銀紙堆在茶几邊緣，連摩擦都是喜慶的。什麼東西都拿來與臺灣聯想，類比，非常不爭氣。93號州際公路上是和緩神祕的溫帶林相，雲朵有一種打磨梳洗過的清潔。我在棗紅色的汽車裡，聽著他反覆播放臺灣八十年代的歌曲。鄭怡，鄭華娟，齊豫。男人不是臺灣人，他從北京來，研究機構裡工作，高瘦，大鼻頭大耳朵，只記得他暱稱叫小羊。我想到〈小小羊兒要回家〉，母親唱那首歌的時候總是帶著濃濃的鼻音，小小羊兒有什麼好傷心的呢？

小羊說八十年代那是最好的年代。車上音樂播到蔡琴的〈傷心小站〉，我是第一次聽這首歌，想學起來，要小羊放了一次又一次。不知道我的人生列車是在什麼時候開出了站，只知道當我發覺的時候已經在車上。小羊說你學歌真快，我又唱了一次。

車子在鱈魚岬風景區的停車場停下。原本因為冷氣與過度交談，敏感麻刺的臉頰肌膚，像浸水的茶葉舒張開來。車子熄火之後風聲出現，樹聲出現。自動車靜了，靜的東西就活動起來。松樹從左邊從右邊伸過來，暗綠的風景有手。松樹搔空氣的癢，細沙有小型波浪，蝮蛇那樣在柏油上斜曲推進著。

一頭赤狐停在車頭燈前方。

牠轉頭看車內，又把頭擺正，輕爽地舉起腳向前走，輕爽地把我的驚訝遺棄。在平面的世界看過太多狐狸，偶然遇見的真狐狸也像有一張面具。我在洞穴裡被一張臉凝結。

走下車往海濱。我也不爭氣，想起東臺灣的海岸風景區，穿過低矮叢聚的濱海植物，就抵達海灘。三仙台，小野柳。一排集中管理，半開張半關門的店家們。中型硨磲貝裝著芋螺，法螺，筆螺，骨螺，寶螺，包上一層塑料封膜。或者做成小燈，掛簾。小時候每回都想買，每回都被拒絕。也有原住民創作歌手，在近步道出口處，架起五百萬大傘，小音箱，電子琴，摺疊小桌鋪上刺繡流蘇桌巾，十餘張個人音樂工作室唱片一字排開。一首歌結束，父親就去攀談。

這裡的沙灘也傳來音樂。杏仁臉龐，焦糖毛髮，四個男孩細白沙丘坐臥。吉他，刺繡流蘇墊毯，螺變成了沙，沙裡有小玉髓。遠處有燈塔，小屋，但不知要走多遠。沙灘愈遠愈狹長，模糊，波動，陰險的蛇腹。他方並不等於天涯，但到不了的海角就是到不了。離開沙灘時，我又回頭看那群男孩，不過五尺之遙，逆光下清白的歌聲，剩下打磨過的剪影，像黑色的火成岩。幾年後讀到黃麗群的〈最好的一天〉，從愛德華・霍普的畫作〈鱈魚岬之晨〉（Cape Cod Morning）延展寫成。隸屬敲敲門關懷協會，美麗精巧的女子，走進老人的生活，僅僅一天。「要拿就從一個人身上拿走他這些年來最好的一天，讓那一天從神祕，墮落成不知所云。」

我知道日後無法重來此地，就記得那海水比三仙台冷得太多太多。

回到波士頓後，我留宿小羊家。小羊是個小房東，房客是個叫做拉斐爾的法國男生。他把大的房間租出去，自己留著樓上再樓上的小閣樓。客廳有一臺四十五吋的三星智慧電視。我喜歡電子產品，新電視畫質高清，像在全國電子一樓看展示機。螢幕裡面有ＨＤ恐龍，古代木賊，直殼鸚鵡螺。拉斐爾問我叫什麼，我隨口說了個英文名字，我叫Phil。我們坐在沙發上閒談，說他想到中國看長城……我與小羊走上他的小閣樓，他的小床。他洗他的澡，他的衣服，我看著他書櫃裡面放的丁玲，蕭紅。書櫃上夾一盞小燈把我照黃，我是那頭狐狸。

臨睡前，小羊說，你是原住民呀？你真是原住民呀，那我是抱著一個小外國人了。

我愣了一下，瞬間看見小床長出叢林，藤蔓，貨船，柵欄。我是寶嘉康蒂嗎？

我應該要唱一首《風中奇緣》的主題曲嗎？小外國人也好，當作臺灣中國，一邊一國。現在是我獨立了，還是要被殖民了？西川滿，佐藤春夫，史碧娃克，薩依德，莒哈絲微微笑。我沒有想過有一天會「被異國情調」。我也想辨識那凝視裡是什麼，但終究分不清是誰冒犯了誰。

第二天早上，小羊開車載我回我租房子的地方。我說再放一次〈傷心小站〉好了。我想到我們去鱈魚岬之前，其實先抵達了普利茅斯，五月花號登陸地。港口邊紀念公園有萬帕諾亞格（Wôpanâak）人首領馬薩索伊特（Massasoit）的雕像。

> 不知道我的人生列車是在什麼時候開出了站，只知道當我發覺的時候已經在車上。

我一句一句唱，沒有什麼表情，只是要讓小羊剛好也可以聽見。

直到長出青苔

關於攝影的書裡，我特別喜歡杉本博司的《直到長出青苔》。影像與文字，展示一些面對世界，時間，可見與不可見事物的好奇，精密技藝能夠抵達的極點。在控制與隨機之間相互置換的光亮與陰暗，滲漏即使造物者也不能預知的噪音與玩笑。在劇場系列，他將相機架在黑暗的影廳內，鏡頭對著銀幕長時間曝光。完成的相片，影廳內部華麗細微的物件銳利溫柔地顯露了形狀。莨苕葉紋的柱飾，捲曲的立體雕紋，膨厚豐滿的絨椅。黑白相片，卻似乎隨時都能逆轉回現實的泥金棗紅，即使那其中空無一人。銀幕是一片白。那必須全數朝向銀幕的座椅，像是緊緊跟隨即將成形的太空。邊緣洩露光暈，白洞穴的毛邊。你知道那是因為吸納了太多的光線與影像（或者故事），使其疊合成一片強烈的空白。但那讓人感覺時間在運作。有些固守親愛了自身的形貌，有些劇烈直到無法再次辨識。此後每次走入電影院，總是想起那擺在影廳中的相機，等待眼前的動作與關節演化成透明。

◆

數位時代裡有些小軟體，設計來使人意識時間的障壁。一款名為Gudak Cam的手機應用程式，操作介面刻意模擬即可拍底片相機。一捲「底片」有二十四張，拍照時無法預覽成品，只能透過小小的觀景窗構圖，拍滿二十四張後，需要等上三天的「沖洗」才能觀看圖片。低彩度，噪點，漏光，盡可能模擬類比世界的色彩。安裝之後卻總想急著看圖。朋友說，你知道有個偷吃步的方式嗎？只要進入手機系統，將系統時間設定為三天後，你就可以立刻看圖，不必等待假的沖洗時間了。或許這個漏洞，根本是程式設計者所預留。不需要真的等待，只要意識時間正在運作就很好。撥動三天，偷竊三天，總是比等待快樂。知道這個祕技之後，我真的快轉了第一卷底片。此後三天三天三天過去，我再沒有開啟過這個程式。

◆

上週日去了位於苗栗通霄的秋茂園。秋茂園是我學生時代，以其園內雕像獵奇粗糙怪詭聞名的B級景點。我羨慕住在通霄的大學同學，跟許多身世不明的物件比鄰而居，一定是幸福的。我曾在痞客邦上預習無數照片，知道裡面有全數眼睛脫窗的十二生肖，相互舔舐的長頸鹿與（性別不明的）駱駝親子，諸教皆備萬神合一的神堂，巨大如遠古神祇的棕色水牛，看來脾氣欠佳的迎賓仙女，石碑陰刻意義不明的詩文……有些相片銳化處理，原本就失修的斑駁漆彩，看起來像是乾燥脫皮的肉身。有些套上風格化的濾鏡，表情淡定張揚的人像神像，透出遲緩的烏青，彷彿本有血液，只是不願意循環。從臺北前往秋茂園之前，也順便瀏覽了一些近期的網誌，想知道秋茂園有沒有什麼變動。知道秋茂園外的小路，新立著眼神大而空洞的幸福站長小雕像，有個寫著通往海邊／Haibian的路標——荒誕似乎不奢求中止。但實際上秋茂園比我想像明亮得多，有著秋天太陽蒸散出的草香與塵氣。即使雕像製作時表情失誤，年久失修，路經它們時，並不如傳聞中詭譎陰森。水泥雕像的毛孔，可能吸收笑聲，又協助回溯一點美德。園裡有下午三點的風與泥沙，其他尚未成為雕像的遊人。我們沿著園區小路繞行，不過是協助變換他們的走位，使生肖，信仰，親情成為超出自身之物。彷彿都是認真的演員。

離開秋茂園，走上通往Haibian的海堤棧道。距離五點十二分日落還有一個半小時。陽光有細小的刺，像鬼針草勾黏褲腳。潮水梳洗過的海灘平整，我們跋扈留下一些腳印。因為怕被海水淹沒，上氣象局網站查詢，正是退潮。距離五點十二分日落還有一個小時。盤算必須在五點前後離開，搭上五點二十五分從新埔往竹南的區間車，再轉乘六點十七分從竹南往臺北的車。因為不敢開車，習慣先查好車班，在時刻與時刻之內輸送。也會擔心你覺得麻煩。但愛本來就是曠日費時的，可以快轉的事物，不見得會被主動打開。

◆

回來之後發現，新埔海堤拍的照片幾乎都過曝了，背景失去細節，小鎮成為太空。不知道應該算是被奪取，消滅，還是吸納。我寫下你在你還沒寫下我，正如我總是提前你一些：出生，衰老，在暗處占位。也提前選擇慢車，預約衰弱的海。廢瓦形成波浪，葦草逆生鵪鴿。知道火車誤點，煙花會滅，我還是提前站在輸送道旁，擱下時間的幻化與寬敞——

直到長出青苔。

裝病

你從診間走出來的時候，我持續多天的發燒還未退，疲勞地倒臥在候診區的黃皮方形沙發上。診所書架上拿下的《野蠻的上帝：自殺的人文研究》，也像疲軟的人，攤在我身邊。接近一年終末的寒冷午後，時空像鬆脫的車廂，即使牽拉著手臂，也只能知道彼此的搖晃與潰散。

「醫生怎麼說？」

「很典型的憂鬱症。」

我可能知道那是什麼。因為我曾經狡猾地刻意接近。

那是一個所有事物都被逼出水分的暑假。我迷戀上一起排戲的戲劇系學生布萊恩，旋即非常不健康地，迅速感覺俗套、戲劇化的愛之痛苦。痛苦很簡單，說穿了就是渴求單一對象，契約，親密，安全感與規律劇烈的性。但愛不是組合大禮包，他人也不是。因為歡愉去需索完整，到很後來才知道是虛妄。只是那時沒有能力顯微自己的心，腳步鬆散地，被牽手領入劇場的走位，凌亂的房間，以及其他以凌亂模仿房間的地方。

布萊恩的房間是為了省錢，從寬大客廳以衣櫃分隔出來的雙人床位。床頭堆滿空菸盒，他說數目上千之後，要貼成一片菸牆。他養了一頭領域性極強的母貓，日日在雜物與雜物的路徑之間緩步，側視忽然闖入的我，像瓷磚縫隙中的塵沙。公寓陽臺有一隻雞，據說他希望在下學期表演製作課的時候用上。空氣中總是暗暗飄浮著令人發癢的事物，沒人知道是雞蚤還是貓蚤，一進到那類似房間的空間就會過敏。我忍住那些，等所有人都睡去，再爬上布萊恩的床。第二天近午，才懨懶地醒來。大床攤在客廳，只像一艘日曬過度的小船或木棺。

那時親近的好友陸續憂鬱了，才知道原來心會感冒。

被愛的痛苦所引誘是幼稚的。追尋愛的痛苦本身並不幼稚，幼稚的是想像病一定更接近愛，才把愛的痛苦假裝成病。

於是我刻意布置一些境遇。順冷水，推寒舟。掀開被褥，卸下禦寒或裝飾的配備，裸對提前布好陣勢的威脅。像一隻半熟的，粉色肌膚，羽毛不豐的雛雞，提前收受了火把與霜針，還來不及反應時，就會受寒或焦捲。藏在水或空氣，指甲嵌進手腕，覺得一定有路能劃開到彼岸。眼淚像湯，把自己煮開，熟麵一樣從白彈到軟糊，攤在房中的一片濕毯，皺摺處藏著還沒寫的信，包裝又包裝的小刀與禮物——關係拖磨數年，惡寒曾經擴大，也曾經縮小，只是就度過了。形容那過程是清淡或艱苦都不夠恰當，因為還有正在度過的人。

例如你。

我知道你不像我狡猾造作，不是被病愛所引誘。但在這個時候遭遇你的病，我還沒有辦法度量自己是否足夠強壯。我為你找尋一些醫者的文字，那很難是藥方，但也許可以使痛楚變得更迂迴，閃爍，盛大或貧瘠。或其實只是為我自己找尋。

陳牧宏的《水手日誌》，有一片痛苦與痛苦，記憶與記憶連綴成的海。水手前往島嶼，發明島嶼，病與病成為航線。島嶼α，島嶼β，海洋，島嶼γ，島嶼Δ，島嶼ε，海洋，島嶼Z，島嶼η，海洋，島嶼θ……海洋藏匿在島嶼中，連接島嶼，還是分割島嶼？「與過去之間，什麼也沒有，真空。／與未來之間，什麼也沒有，真空。／／只有現在／淹滿水的房間：蒼白、沉默、靜止。」一夜之間變得多淚的你，也製作一片海洋，阻絕那些凶險，腫脹的生命之火。多半時候，我失神地看著失神的你，時間出現裂口，不敢預測一個島嶼到一個島嶼的時間。「ES，你是有足夠勇氣／去面對黑暗的人嗎／我閉上眼睛看見／一座被火山爆發吞噬的島嶼／和消失中的愛情／我猜想你正停泊於此」

有時服藥後相見，你顯現出什麼都沒有的眼神。以那樣的空蕩，收納逆轉的車燈，被遺棄的房間，指環，或只是吸收了我們周身的雨水。強勁的季節顯得寂靜，孤單，甚至有一點冷清的安全。你知道什麼是眼底鏡嗎。那是我從阿布的〈眼底的風景〉學到的。眼睛裡面藏著天氣，枯枝，晨霧，以及等待指認的奧祕。拿起那十九世紀中葉即發明的眼底鏡，像運轉一方古老的祕術。「醫學如清晨雲霧鎖著安靜的森林，還帶有巫醫的血統，草木的香氣。」他為此買了一隻二手眼底鏡，觀測那些眼底的地貌與氣象。無病之眼，如乾淨晴朗的夜晚。有時候夜晚出現烏雲，或風雷隱隱然襲來，或是視網膜剝離的前兆。網路上看到的圖，也像初生的宇宙，等待命名的星雲，血脈，胚胎。如果能夠一路望進去，我會看見你的風暴？像水藻，髮線，死蜘蛛。

我裝病過，而你正病著。有時我們覺得兩人像多了一條繩索，一拉就能到達你的那一端。其實你只是往你的那一端去，我待在這裡，繼續吸收周身雨水。你未病之時，我給過你鯨向海的《精神病院》，而今你提前跨過了他所謂瘋狂和優美的盡頭。

屋子裡每一個細節都是鯨魚
有人攜帶海洋離去之後
我的快樂需要人提醒

煙火散去，天橋散去。銅板落下，又一次落下。時間留下了你，或者不留下你。抵達你之前，我就知道我因愛而狡猾裝過的病，或許真是可用的。當病可能盛裝什麼，你的雨水就裝在我的容器裡。遮擋，滲透，淹沒，甚至也放膽地消散。

就忘記去提起，晴天有沒有來。

完膚

謝利的腰上有一塊胎記，位置與我的胎記相仿，但是尺寸小了幾倍。第一次看到他右腰胎記時，也往自己右腰看一下。我們的胎記比膚色深一些，像縮小的群島，有鳥穿行的烏雲。譬喻給了我一道旋轉門，我讓胎記轉向他方，成為我們的連結。有時希望讓愛再戲劇性一點，也會幻想前世也許曾經一同赴死。我曾經放過一首陳奕迅原唱，王菲曾在演唱會演繹過的歌〈大開眼戒〉給謝利聽。歌詞說：「當你未放心，或者先不要走得這麼近。如果我，露出斑點滿身，可馬上轉身。」

為了不露出真身（難道我是化身？），也許先摸黑吻一吻。羞澀羞恥羞愧的少男，沒有人喜歡在愛的時候開燈的。把不被愛歸結到胎記，把不性感歸結到真身，其實是保護。我常常問：「很明顯嗎？」，大部分得到的回答是：「沒有留意的話其實還好。」

但其實我希望的答案是，很明顯，你看得見。你在意，但你還是愛。

我的小阿姨大我不過十二歲（恰好近於我與謝利的年齡差），國中時她替一歲的我洗澡，她反覆搓洗，以為胎記處是無法抹掉的髒污。她堅忍地，不斷地抹，直到我的皮膚逐漸薄透，身體可能隨著水流縮小了一些些，直到我因為疼痛哭出來。身體變小也無法讓髒污潔淨，日後在母親的笑談與重述中，我知道胎記並不是髒污，胎記就是我。但我不喜歡游泳，也不喜歡去海邊。偶然露出腰腹，看起來就像燙傷。國中時候以為存夠錢，就能夠忍受皮痛把胎記全部雷射。正如我從前也以為日後可以存到幾百萬，用金錢兌換他人的受孕，得到自己（不知會不會繼承胎記）的孩子。豈知到了現在，克服使女性受孕心理或生理的艱難，遠遠易於儲蓄幾百萬。

因為與謝利的歲數差距，我用醫美雷射討皮痛。年近三十歲的時候，恨透了有些小GAY說自己二十五歲好老。那是〈世紀末的華麗〉的暗示：我對暗示的憤恨多於現實真正與真誠的衰老。但在三十歲嫌自己老、三十五歲嫌自己老、四十歲……

都是值得憤恨的。社會化是要練習的。我後來是誠實說出自己的歲數，但不再評論自己老或不老了。朋友也好奇問，打雷射痛嗎？有點像橡皮筋彈，甩巴掌，豪雨時候時速五十騎摩托車……好像沒有什麼痛是能夠相互比擬的。國小的時候要打卡介苗，大家說那是火針，針頭先用火烤過，將焰紅色的針尖插入肩膀，注射滾燙的疫苗，傷口膨起疼痛如被火燒。那是把疼痛變成火，讓無法逃避的侵入有了形象。我看我前面的六年級同學，平常陽剛力超標殺球不留情的壯碩女孩春芳，眼神渙散鬆垮，夏日的汗水侵入眼睛，火在恐懼的隊伍傳遞。雷射就是小火針，若五百發凝結成一擊——我躺在如診所如燙馬，鋪著小碎花的窄床上，等待小火將我熨平。

我回到家，謝利說，雖然好痛好可憐，但好像真的變年輕了。

我緊緊微笑。說不定一塊安靜的皮膚，是最好的皮膚。

試問，單兵該如何處置

單兵

好友的男友七月初當兵去了。此時猛烈凶暴的夏日，連察覺融化的氣力也會消失的，在島嶼南方作兵，不可能快樂起來吧。好友想寫信撫慰男友，問我「你當兵的時候，別人寫信給你，地址怎麼寫？」我陷入長考，像缺了一件裝備。當兵許多事情我都記得清晰，庫房那塵灰堆積彷彿雨前的氣味，早晨拖沓而佯裝精神的行進，連集合場外從未止息的割草機聲響……唯獨寫信這件事怎麼也想不起來。

因為我在當兵時沒有收到一封信。

那時也是有情人的，只是有裂痕的那種。我當然有朋友的，只是裝灑脫說什麼都不缺，不必掛記我。以至於後來真的沒有任何來信，我成了連上最孤單的兵。

二十七歲的兵太老，還沒經歷戰鬥教練已經知道圍著自己構築壕溝，鹿砦，塗抹稀薄的保護色。卻在第一個休息，借他人的火點起第一根菸後，發現偽裝很難。彈去菸灰的手勢，菸頭縮短的速度，菸霧內的音色與話題，都不一樣。因為文學系所畢業，我被他們叫做詩人。可是疏散的風景裡我並不求被看見，只希望像失人——沒有被清點到的兵器，多餘的物料，耗剩的食材。第一個晚間集合，班長發下水藍色雲彩紙名片兩倍大的小冊子，單兵教練報告詞。語言指令架構出戰場的十種情境，像劇本。睡眠時間被固定的夜晚比白天長，像等不到轉車的月臺，沒有書，沒有值得驚訝的事。我不斷記誦著戰鬥的臺詞，被他人的呼吸托著，蚊帳篩落的暗光像碎米與小刺——誰以火力掩護我？

可惜（或者幸好）那時還沒讀過履彊《少年軍人紀事》。一九六九年中秋，少年江進迎著涼月走入了一個因為火力而瘋狂孤獨的世界。「聽說，國軍從此不再突擊大陸沿海了……」那些等待戰爭也等待擊發自己的離鄉軍人，散發著狂躁，混合著酒氣，熱汗與硝煙的雄性氣味，少年江進不知如何回應那些壯烈，突進的溫暖。冷涼寂靜的夜色裡，無路可逃的嚎叫與喘息偽裝不住。他偶然撞見了那些交纏的身軀，卻有可能也看見了自己。那孤單而相互煨暖的身體當然是慾望，但軍人的身體是被控管的火力，慾望擾亂著少年之眼，擾亂著戰爭困鎖的過去，現在與未來。

試問

單兵聚集起來，成為巨大孤獨的單兵體。我持續學習一些在當下就注定失效的技能。我讓無效成為技能，努力成為一個多心的兵。莒光日影片問你為何而戰為誰而戰，你回答不出來的問題編派更多問題。觀測訓練教學說，昏暗多霧時，常誤近為遠，光線顯明則誤遠為近。掌握技巧以後我觀測自己，發現心的地形也有多霧與明朗。夜哨前的擁抱是誤遠為近，野地汗水的眼神交換是誤近為遠。湖口高地蝦紅色的傍晚，鐵蒺藜上的蜥蜴，假城鎮中的鬼，硝煙與塵土。靜止的事物充滿危機。「設有一隻藍尾鵲從七點鐘方向飛來，單兵張德功左手持槍，心神恍惚，請問貴官將如何處置？」這是唐捐的〈帶血氣去當兵〉。帶血氣去當兵是向血氣告別，疑問龐大體制之中，活動或死寂的心如何觸動著暴烈與腐壞。恍惚的心神帶來困惑，

〈阿凱的原形〉裡，醫官鯨向海遇上了一個真正多心的兵。阿凱一身麻煩，大鬧天庭。他裝病，幻痛在觸碰不到的地方遊走，沒人看清他，他也看不清自己，附魔一樣成為真正的迷彩。母親收驚之後，阿凱似乎痊癒，但癒後的阿凱卻讓秩序森嚴的世界更顯虛幻。鯨向海記得阿凱說，「為什麼有時候清醒，有時候卻什麼都忘記了。」問題的兵使他困惑，「像是曾經無意中擅自闖進了一個失落的世界。」

處置

離開那裡之後，帶回來的不過是多餘的風景。那些隨時都要逃走的，惡夢一樣的回返，難以訴說的事物，黃湯姆在《文學理論倒讀》稱之為國家時光。那是對國家機器銳利的辨識，看穿旗與網與徽章與槍如何包裹身體，完成巨大的壟斷與暴力。「我們是兵，一九三七時候就已經是了，那仍是效忠的軍國子民，那仍是層層宰制的階級校園與兵營。」如何從國家的處置裡流亡而出？唐捐說「我的靈魂從未入伍。」黃湯姆說「我們沒有人終於退伍。」那是同一具服役的身體，最大化的身體，也是盡其所能（或其所不能）地逃逸與拒絕的身體。我想起連上那個不斷逃走的兵，每回收假回營都能聽見他不回營的故事。他在自家吞飲漂白水企圖自殺；窩藏高雄的小旅館中，輔導長南下抓人，他謊騙身上有槍把斯文的輔導長嚇得一身冷汗。最終他是被處置了。我與另一個士官押送他進了禁閉室。泥灰色的空間裡什麼都顯得多餘，卻比我想像中明亮一些。淺光洩漏在平淡的地板，我竟記憶不起那光線究竟從何而來。一樣想逃離的我只是自己處置了自己，持續無效中。我精神答數，但不要被發現。所有美德都加上了不字。不雄壯，不威武，不嚴肅，不剛直，不安靜，不堅強，不確實，不速決，不沉著，不忍耐，不機警，不勇敢⋯⋯。

一個月後，好友的男友結訓，離開原單位，更換部隊番號。原本要寄出的信引了楊牧的詩句「我把你平放在溫暖的湖面／讓風朗誦」，終究沒有寄達。信上註記查無此人，退回了好友住處。我思想著那未遞的信，卻寧願那就是查無此人。不被試探，不再流淚。願你在那並不輕快的仲夏裡，藏著一點疏散與逃亡的可能。

不必快樂，也不必不快樂。

輯三／山地話

焚風

國中地理課的時候，要學會用公式計算焚風。濕空氣若從迎風坡來，山頂高度三千五百公尺，迎風坡地面溫度為二十五度。得先算出濕空氣上升之後的山頂溫度，再計算出成為乾空氣下降之後的地面溫度。考題大多概略，整數，省略細節。但如果中央山脈的關山主峰高度三千六百六十八公尺，池上海拔則介於二百五十公尺至三百公尺之間，過山的空氣要怎樣算？

池上真的會吹焚風。乾熱的風一塊一塊推進，原本有深度與層次的風景被束緊，繃起來的橡皮筋。物件邊緣泛著近乎鐵器的啞光。熱風先到，新聞才報導恐有焚風之虞。那時父親還沒有開始種田，關於農損的消息大半是聽說。聽說稻子裡的穀粒，焚風吹來就沒有辦法好好發育，會變空心稻。想像起來，缺損的米粒像留下的半張臉，燒水冷水交替弄裂的陶器。枇杷葉緣捲曲，釋迦落果是遭難的佛陀。夏日末日，最好不要去和焚風衝撞，躲在房間裡，貼著磁磚午睡。室外時間像老狗慢走，柏油路也焚焚。

焚風離開的時候我也關注新聞，是不是破紀錄了！小鎮沒有什麼大事，如果在這樣的極限裡留下來，也很了不起。小孩的關心與同情很有限，實在想不到果菜歉收、稻子歉收能有什麼後果。大武三十九點七度！成功四十一點一度！爬升的數字聽起來太刺激了，燥熱是玩具。

◆

臺東是很熱，但來到臺北的臺東人都會同意，臺北也沒有比臺東涼。大二開始我在天母家教，公館搭到石牌站下車，泰式料理前站牌搭紅19公車上中山北路七段。家教家庭冷氣常開，木質書桌，切盤水果，兩根小鋼叉。學生暑假作業寫去優勝美地，寒假作業寫去猛瑪山，我返回臺大宿舍還得計算一房五百元冷氣卡怎麼除以三人平分。但我喜歡那個房間那個地段，有種平均分配的遙遠與清涼。某天家教中途，父親突然撥打手機來。掛了手機後，學生照樣開起沒有什麼特別惡意的小學生玩笑，「你剛講電話，家教費要扣錢喔。」

「我爸打電話來說我大伯過世了，我明天回臺東。」房間內沒有音樂，不知道聽起來像不像玩笑。

◆

家裡老車子冷氣系統不穩定，大太陽的時候開車，冷氣出風口、皮沙發與隔熱玻璃之間，常有巨大溫差。臺九線鹿野到美濃一段，路旁種羊蹄甲，公路旁有販賣釋迦，水煮玉米，甘蔗。白色斜板紅藍筆手寫大字，還不特別流行寫「很慢的」。我在副駕駛座，父親從胸前口袋拿出白色信封要我看。我印象中大伯寫字是很工整的，父親也是一樣。父親那一輩（或算戰後嬰兒潮？）的原住民青年，硬筆字算基本功，好像有點自立自強的意味。大伯家二樓有個小書桌，玻璃大墊底下壓著一些白紙或信紙，米白純白之間有些色階落差，寫著類似掌握光陰即是掌握人生的句子。相較脾氣起伏劇烈的父親，小時候偶爾也羨慕兩個堂姊，是溫文和氣的大伯做她們的父親。我把簡式信封折口打開，陽光直射，冷氣口吹動白紙。進賢……我一生……你們以後……跟素美……孩子……我……我實在記不起來，也不敢記起來裡面寫什麼，但讀不出什麼決絕的心與恨，也像那些玻璃墊下面的句子，隔著一層嚴肅的反光。我沒有看過遺書，不知道在這種季節燒炭，房間內是冷的還是熱的。

◆

葬儀社請來的誦經師傅長相斯文，每日的法事誦經時間漫長燥熱，很難有人能夠在其中得到任何平靜，最多是讓哀傷的時刻有些暫停空間。黃黑配色的道冠兩邊有因為汗水貼著的鬢角，細細的毛孔與鬍青。與其說是分心，不如說是終於有些事情可以專心。多年以後讀到翰翰一首詩叫〈得體〉，大概是類似的情景：「墳頭上燃金的那人／忍不住想跟他回家／他臂上的孝多麼正派／他一定也是童子軍」，哀傷不是一條連續線，是有時行有時歇的陣風。我有我的體熱，也沒有不哀傷。喪事幾個星期前，私立中學辦的文學雜誌來電邀稿，希望我寫兩篇文章，一篇寫鬼，一篇寫母親，後來一拖延就忘了。在堂妹房間暫時休息的時候，我接到主編老師來電詢問。我有兩個母親，但沒有見過鬼。我昏昏沉沉回，「老師老師，不好意思真的很抱歉，現在家中有喪事……或者我寫母親那篇，鬼的那篇就先不寫了。」

頭七那天晚上按照慣例要守靈，建和部落白天那麼熱，晚上溫度就像準時赴約一樣下降了。過午夜，燈火全暗，全家人躺在客廳白瓷地板，底下墊著花色不整齊的薄被，翻身時候骨頭撞到地板，像隨便的敲門。堂姊的女兒三歲，很快就睡著，其他大人警戒任何一點溫度的變化。大伯會不會來呢？蚊子，小蛾，甲蟲不能亂打。門口鋪上薄薄的香灰。簷上風鈴。客廳是大型的靈魂探測儀。叔叔讀國中的女兒不怕大伯，但害怕靈魂。她說她已經先上香跟大伯說過，拜託不要來摸她。我們說大伯疼你，不會故意嚇你。但我不知道大伯會不會來摸我，如果摸我的話，我要不要回電答應邀稿，說鬼的那篇我可以寫？

後來是體質心思都比較敏感的姑姑感覺到了大伯，說涼涼的手摸著肩頭。父親則是睡到微微打呼了。

◆

大伯退休之後，出了一場小車禍。或車禍之後才退休？我也有點記不清了。他用五萬塊頂下了一臺夜市常見的發財車式旋轉木馬，日常白天沒有出工，停在大伯家前庭吃灰塵。小飛象，彼得潘，米老鼠，章魚，背後挖嵌上小座椅，半飛翔半跌倒的姿勢裝在軌道上，肚子上是控制升降的鐵桿。去大伯家拜訪的時候，我好奇靠近看升降桿關節上的油漬，沾著一些灰塵，草屑，小蟲腳。我沒有在夜市之外看過這種車，也沒有在夜市看到大伯過。

媽媽總覺得大伯出過車禍之後，原本木訥的他，說話好像更慢了。大伯脾氣好，把粉藍淡紅的長氣球摺成小皇冠給小孩，應該不算太違和。只是不知道他要怎麼應付夜市吵鬧的狗孩子熊孩子。大伯也在家接小代工，彩繪填色壓克力材質的卡通鑰匙圈。門前矮茶几上散落塗裝一半的仿製米老鼠，黑色大耳朵下面是空白雙眼。塑膠袋裡有許多扁平透明的素胚，像從未獲得身體的小怪。也有一些著色錯誤的米老鼠，四五隻堆疊在小缽裡取暖……

◆

喪期結束搭火車北上的時候，姑姑跟我說了非常多大伯成長期間不算快樂的往事。滾滾，你知道嗎……你知道嗎……我知道，但記不住那麼多人的名字。他們真的都來過，坐在原本放著旋轉小飛車的前庭，也幫忙做一些喪期的小手工，無論睦與不睦。想的事情一多，不管健不健康，人就空心，人就分成兩半——我觀察自己以及大伯得出有限的結論，準備回到那些盤算冷氣的房間。夜車車程特別長，愈往北開，車廂冷氣愈冷，沒有任何拖延的跡象。

第二個外公

戴英臨是我第二個外公，我繼母的父親。

我成為他的外孫的時候，是一九八九年的初秋，那時我八歲。新的外公臉龐黝黑，身體厚實，像用來阻擋田水的重石，端穩坐在萬安村戴家客廳的正中央。神桌香燭微微，牆上掛著幾幅這個家族逝者的肖像。裡面有一位青年，身著西裝，臉部線條剛硬，臺灣早期地方菁英黑白肖像的模樣。後來才知道那是外公早逝的胞弟。

我與這個家族沒有血緣關係，與父親一起因為婚姻而加入這個務農的閩南家庭。像新抱來的小狗，性格孤僻，沒有這個家族的血液，一說臺語別人聽了就要笑，與外公到底說不上幾句話。日後在那同時排列逝者與生者的客廳中，我偶爾還是會記起那種恍惚的疏遠。如今想起來，成為他的外孫，比父親與繼母的相識，更有一種命定感。他們並不是一瞬間成為夫妻的，而我卻在他們結婚的那天，立刻成為外公多出來的外孫。

我們一家就住在隔壁村，去外公家吃晚餐的時候，一進客廳小聲地喊聲阿公。吃飯喊阿公吃飯，隨便扒了幾口澆了滷肉汁的飯，就匿在客廳側邊的臥室看那臺訊號粗糙的小電視，直到父親微醉我們才返家。有時阿公大聲喚我，我敷衍小聲回應，外公就會大喝一聲「你臭耳聾啊！」巨獸般的聲音在客廳環繞著，讓我緊張恐懼。以至於長大後我每次到客廳還是不敢怠慢，永遠先向外公問好，即使後來老去的外公，早就無法發出那樣洪亮的斥喝。

外公是農人，大學後的一次過年，外公在客廳裡突然要我握著他的手，說你甘知影作穡人的手是啥款？查埔人的手，就是要這麼厚。那虎口大概有我的兩倍厚，我被外公的手握得有點痛，笑笑地說我知啦我知啦，其實我真的不知道作穡人的手竟是這樣，像把整片溪土握在手裡一樣。其實我從未與外公走進田地，直到父親幾年前接手外公的工作，我才第一次跟著父親走到那幾片分散的農田。

二〇一〇年，我正在準備博士班的入學考，爸爸正成為一個新手農夫。有一年我與父親在春寒中為第一期稻作補秧。冰涼的水氣充滿著空間，田水緩緩地流入。突然傳來節奏老舊的機車聲，外公從田埂另一方走來，比手畫腳大喊著這裡不好，那裡不好。爸爸一邊應著外公，一邊跟我說，「給他看到種田就是壓力很大。」然後繼續默默地補著秧，從這頭插到那頭，在軟黏的田土中留下深深的足印。後來不知道是不是我自己的錯覺，當父親開始種外公的田，他們好像又更相像了。

就像大部分的孫子，只有逢年過節才會去到外公家。我對外公了解總是有限的，他喜歡在餐桌上反覆提起以前讀臺東高中的事。自從我念高中之後，外公好像比較喜歡我了，過年的餐桌要我陪著喝上幾杯，跟所有餐桌上的表舅姨丈姑婆叔公說這我外孫，讀花中！這我外孫，讀臺大！這我外孫，讀博士！這我外孫，剛從美國返來（其實我不過去了十個月）！我自己都難免羞愧，但實際上真正在聽的也許只有我而已。

我還沒有拿到博士的三十三歲，與他認識剛滿二十五年的時候，他離開了。

那對我大概也是一種寬恕，我不見得能夠更好，我與外公就停在那裡了。我竟然是在他離去之後，才知道他的生日。一九三三年，跟林文月同年，比鄭清文小一歲，比李喬大一歲。農曆五月二十三，國曆七月二十，國曆農曆其實差了一個星期，這樣過了八十三年。

以前外公常去遊覽，在我們家族沒有人出國之前，他已經跑了很多地方。小學某一年我知道阿公從美國回來了，我說阿公，你去了大峽谷嗎？他說，喔，大峽谷足厲害！我與父親常常拿這件事來玩笑，吃到什麼好吃的，看見什麼好玩的都說足厲害。後來當我看見那些大峽谷的明信片，電腦桌布，我總是想像有個健壯黝黑的老人，在大峽谷邊上兩手插著腰，發自內心的讚嘆。足厲害！

然而真正足厲害的是時間，在我並沒有看見的地方，時間緩緩地流過，把厚實的手掌，肌肉，記憶與呼吸都淘洗過。我忘記自己已經長大，還停留在當年那個被他喝斥的小孩。直到去年過年，我才驚覺那幾乎是一瞬間的衰老。我扶著外公回房，我不知道外公的身體應該算是輕，或是重。像一艘漂在時間中的小船，載著一些不捨得放下的器物。外公在床上呼吸著，氣息摩擦著生出厚繭的時間，緩緩地前進，然後以更快的速度後退，減弱。

我想起今年的中秋我竟是最後一次見到他了。扶他回房的時候，外公發出輕輕的呻吟，命令著我們去幫他找根針，要我們替他挑起腳趾上並沒有的膿血。我呆滯地看著那全無傷口的拇指，卻像是感受到比真正的傷還無助的痛楚。我們不知道如何排解，哪裡有那樣的一根針，能夠挑起不存在的血污，能夠重新癒合那些痛與幻覺？

當我重新走進這個客廳，那空間已經成為靈堂。厚重，幾乎從未移動過的厚重斷木茶几，以及旋轉果盤中的花生，瓜子，《更生日報》，喜帖，殘餘的水果，生蟻的紅茶，在我們到來之時已經全部淨空。我沒有看見客廳事物消散的過程，正如我直接面對了外公的死亡。對我來說那等同於外公的客廳，此刻正是空無一物。披掛著黃色布幔，載運著外公身體的客廳，此刻成為一艘船，把二十年以來的記憶直接載運回來。或那竟是一個更大的棺木，以絕對的空無與靜止，來容納我所能記憶以及未及記憶的一切事物。

外公終究從那未能癒合的傷口離去，然而被遺留下來的我，似乎還記掛著那根針，思想著那令他無眠的幻痛。

教師的鄉村

高一那年，國中理化老師自殺了。收到消息的時候我在花蓮念書，與其他國中同學相約回到池上，在老師的喪禮上見。那是我人生中第二個有記憶的喪禮，上一場喪禮是小學的時候，初鹿外公過世。我至今還記得當初從外公家走到墓地時，我以激烈的方式哭泣幾乎昏厥，十歲的孩子也已經知道情感是需要表演的。那年冬天極冷。與國中同學在告別式上相遇，想起國中校園空曠，寒風總是從藏青色寬大校園外套的袖口灌進來，冷冷地膨脹著，像一些遲鈍的氣球。

葬禮上大家沒有什麼特別的表情，大部分的人都在這個小鎮生活很久，沒有人演練過類似的事。聽說老師雨夜中從鄉鎮交界的大橋一躍而下，底下是冬季枯水的卑南溪。大的岩石是象背，小的岩石是卵，蹄，貝，沾染雨水以後，本來有深有淺的灰色，在夜裡也可能化成同一片網。但無論怎麼想像，我們只能是遲來的，甚至連當場交換哀傷都覺得可疑。對於自死這件事沒有起頭，也沒有結論。遲鈍地聽著雨水打在帆布棚上，像將破未破的氣球。老師留下了也是老師的妻子，兩個將要上中學的孩子。教會式的葬禮追求安靜，記憶裡沒有太多聲音，儲存起來的是流淚而端正的臉孔。

後來遇到的教師們很尋常。不是平凡，是擁有符合比例的溫暖。也因此起頭的一次寒冷，也就顯得不尋常，不平凡，不符合比例。那是國小一年級下學期的事。母親因為替舅舅舅媽照顧剛出生的表妹，把我從臺東帶到內湖生活半年。有點像瓦歷斯・諾幹的〈部落貴族〉，寫一對隨著父母從部落搬到都市居住的小兄弟。「兩個上學的孩子，通常都要攀過灰冷冷的天橋，腳下是川流不止的車行，然後進入擁有廣大建築物的校園裡，和數以千計的學童推擠在撮小的空地裡。有時候兄弟倆索性就呆在騎樓旁，目光呆滯地等待下一個鐘聲響起。」

我成了鄉下來的，顏色不同的轉學生。那時班上還有另一個轉學生，從敦化國小轉來。高壯清潔的女孩子，八開圖畫紙上展示著她上學期的得意畫作。學生像群魚移動到那裡，我發現原來空氣分成緊密與疏散兩種。後來大致維持著這樣的疏散，我上學，放學，獨立完成作業，考試得到高分，並不被留意。某節下課，卻突然被盯上了。

「你告訴老師，是誰劃傷你的臉。」

「老師，是馬翊航。」

疏散的空氣被眼睛壓縮，老師清淡地擺擺手叫我過去。

在察覺被誣賴之前，反而先開始懷疑自己的記憶。鉛筆劃的？小刀？在下課的時候？我認識她嗎？我跟她玩耍過嗎？可能有的，一定是我忘了，因為老師是對的。可能那時候已經預告，日後在親密關係中習於道歉的惡習。老師說，你看看她，傷得這麼嚴重，這麼漂亮的臉，你怎麼敢這樣。我看看她——她姓藍（我第一次知道這世上有人是用這麼好看的顏色當姓），梳著兩個小小的包頭，細小的辮子纏繞在一起，底端是洗頭店才會替客人綁上的亮緞帶。鼓鼓臉頰上一道結痂的痕跡，沉穩地鼓動著。老師打開抽屜，拿出黃色的美工刀，輕輕推動下方的滾輪，刀刃吐出來。「那我也在你臉上劃一刀好不好。」長大後看清宮劇，最多的對白是「奴才是冤枉的」（通常真冤枉與假冤枉各半，視被冤枉角色功能而定），可惜我連「我是冤枉的」都不會說。沒有哭泣叫喊，只是愣著，看過快的命運光臨。

時間蟲身爬過，留下飛機雲。老師又輕輕推動滾輪，把刀收起來。這次就放過你，帶她去保健室擦藥。那時我真覺得有些感激。謝謝老師。

通往保健室的長廊靜極了，鞋底摩擦著怎樣也拖不去的沙塵。覺得應該跟藍同學說些話，不知道哪來的靈感，「我好擔心你喔，還好沒有細菌發炎。」當成自己有錯，也真的被赦免，彷彿就是獲得善意，可以閃躲那些惡寒。習得的詞彙與經驗變多以後，有時也會試著去描述，修訂，補充那尚未劃在臉上的刀。ㄆㄧㄢ ㄐㄧㄢˋ。ㄑㄧˊ ㄕˋ。ㄏㄨ ㄌㄩㄝˋ。ㄍㄨ ㄌㄧˋ。ㄧˊ ㄨㄤˋ，但沒有一個能夠完全。即使以後我在課堂上談〈馬難明白了〉，談〈山是一座學校〉，談〈達耐的眼睛像星星〉。

在臺北那學期拿到了一張德智體美四育兼優的成績單，群育上寫著甲，母親覺得非常困惑。但我喜歡去記得那個甲，像一隻變成記號的小烏龜。

山地話／珊蒂化

泰和戲院

我的房間裡放著一張老照片，是Kasavakan部落的青年，Farasung，日本姓名是村上安雄。因應日本帝國在南太平洋日漸加劇的叢林戰，當時的臺灣軍司令官本間雅晴向總督府提出了組織「高砂義勇隊」的要求。Farasung在臺東廳共四百八十二人應募，九十人被選拔的情況下，成為第二回高砂義勇隊的成員。昭和十七年四月十五日，二十二歲的Farasung，在派赴菲律賓與新幾內亞之前，留下了這張照片。

Farasung是我的祖父，他離開得早，我沒有多向父親詢問關於他的種種。只是依照我對祖父溫和性格的稀薄記憶，以及日後閱讀到的口述歷史、文學作品的印象，我猜測他是一個沉默的長者，像其他小說中壓抑著痛苦記憶的人物一樣，和緩安靜地度過了自戰場生還而來的日子。直到前幾年因為一份邀稿，想與父親確認這件重要的家族記憶，卻得到了一個與我想像完全不同的答案。

祖父馬泰山出征前留影

父親說祖父並不是沉默的，他其實常常提起那些戰爭往事。臺東市區中華路與大同路交叉口有一間東和診所，牆面光潔的西式建築，像縮小的白宮，原來過去曾是風光的泰和戲院。五〇年代末期，每逢戲院放映武士電影、戰爭片，祖父便要放下手邊農事，帶著年幼的父親前往戲院。高砂義勇隊的徵募，是戰爭末期日本帝國在臺灣軍事動員的一環。也如孫大川所說，是臺灣原住民青年們，身體被迫讓渡的歷程。那是部落的身體？還是帝國的身體？以軍屬身分前往戰場的義勇隊員們，沒有正式軍階，沒有佩槍，以赤腳、蕃刀與叢林共處。日本軍官戰後對高砂義勇隊員的回憶中，往往強調那如鷹犬般敏銳的感官，與天生的叢林適應力。但他們並不是戰爭神話，而是活生生的人。在那與故鄉有幾分相像的他方，威脅生命的不只是砲彈與機槍，還有瘧疾，赤痢，中毒，營養不良。前後徵募八回的高砂義勇隊，總共徵召了四千二百多名原住民青年，生還者不到十分之一。

自戰場歸來的Farasung，捧著同袍的遺骨遺物回到部落。他的生命連結著那些逝去的同輩，哀傷的父母們愛惜著他，像對待自己的孩子。後來Farasung又有了新的名字馬泰山。七、八〇年代之交，他還常往返於臺東高雄，為民間追討軍郵儲金的活動奔走。他在一九八七年離開人世，沒有追討回那些債務。後來有人開始做相關的研究，調查，寫作。他如果在的話，不知道會是怎麼樣。

姑姑說

芭樂楊桃

一九九二年的夏天，我十歲，在新竹姑姑家過暑假。對我來說，那大概就是所謂的西岸時間，島嶼的時差。我在新竹市區大樓冷氣極寒的補習班教室裡學速讀，畫畫，作文，電腦。用暑假來磨練一個堂堂正正的好兒童。晚上的時候與姑姑同床睡覺，風扇旋轉的安穩聲響中，姑姑把她的建和部落帶到我身邊，有時說一些與山地話有關的笑話給我聽。我覺得好笑極了，部落賣菜車喊芭樂楊桃，跟山地話的做愛是諧音，部落太太聽到嚇壞了。我笑到失眠，第二天興奮地與畫畫班的同學分享。回來之後跟姑姑說，「他們沒笑耶，他們是不是聽不太懂。」事實上我自己也不懂。

「以後這種笑話不能在外面說，別人會覺得你這個孩子很奇怪。」

陸森寶

一九九二年，夏曼．藍波安寫出《八代灣的神話》，原舞者傳唱南王部落音樂家陸森寶的作品，在臺灣各地進行巡迴演出《懷念年祭》。那年我十歲，紀曉君十五歲，張惠妹二十歲，陳建年二十五歲。我在報紙上與姑姑看到介紹陸森寶的整版文章，「這是我們卑南族很偉大的音樂家，你要記得他。」我又把報紙帶去了補習班，對著大學女生樣子的老師問：「老師，你聽過陸森寶嗎？他是我們卑南族很偉大的音樂家捏。」我得到一個溫柔但遲疑的微笑。

女神

一九九一年，孫大川《久久酒一次》出版，很快地出現在新竹姑姑家的書架上。那時書架上並列的文學暢銷書，還有席慕蓉的《七里香》，時報版米蘭·昆德拉的《生命中不能承受之輕》。我知道《久久酒一次》與我們卑南族相關，但以為只是說酒久久喝一次，不宜多飲。那時對我的吸引力，遠遠不及《七里香》中那細密優雅的針筆插圖，以及《讀者文摘》中的「莞爾集」。

暑假夜晚，姑姑除了說笑話給我聽，也講一些故事。她說小時候的某天夜晚，大人們傳言名為Suniumiu的女神，百年一遇，將隨滿月現身海上。灰黑的天海之間沒有邊際，飄搖幻動的雲影使月光更為隱密。經過漫長等候，一張高貴寧靜的面孔自雲中凝聚，浮現。眾人失去聲音，只是靜靜地注視著那隨即消散的女神面影。那故事中的滿月之海，與我記憶中從Kasavakan視線越過田地看見的太平洋完全不同。後來我並沒有在別的地方聽過類似的故事。

姊弟鳥

另一個故事是關於姊弟鳥。父親出外打獵，由姊姊看顧弟弟。不疼愛子女的母親在田中，用熱水燙煮著芋頭。香味傳來，飢餓的姊弟哀求著，媽媽給我一些芋頭的皮好嗎？母親吃完所有芋頭後就離開了。姊弟傷心欲絕，看見天空飛翔的小鳥，幻想或許化身為鳥，就能與父親相會。姊姊撕開背負弟弟的背巾擬作飛翅，剩下來的布扭成尾羽，用挖芋頭的小鋤當喙，反覆跳升跌落，終於躍高超過竹叢，慢慢變成了兩隻鳥。

姊姊對弟弟說，東方海上的飛蟲大，我去捕食，西方山上的小蟲讓你去捕。我們在東方的潮水交會處相會。姊姊反覆叫喚著nga nga-i，弟弟叫著tu tu ru-i，拉著尖銳的長音，在天空哭泣盤旋。

多麼哀傷的故事，我只要想起建和部落東方潮水上大風湧動，兩羽空腹的姊弟鳥，就莫名地難過。我沒有問過姑姑為何告訴我這個故事。

姑姑從臉書傳來一個相片連結

新娘是小姨婆的三女兒。

前排左一是原藤小姨公二沙露（我的姑婆，你的阿祖馬金龍馬伊道的妹妹）三是小姨婆最右邊是建和姨公。

二排一是建和姨婆三是小姨婆的大女兒四是田寮姨婆的二女兒，最右邊的是頭目的夫人及兒子。

後排一你爸爸三是大伯四是田寮姨婆八是姑姑九是表姑姑十是最親愛的阿公。

PS：馬伊道、沙露、田寮姨婆的媽媽是三兄妹，田寮姨婆的媽媽很早就過世，沙露就把田寮姨婆帶大。

沙露有三個女兒，建和姨婆、小姨婆及另外已過逝的姨婆。

PS2：小姨婆嬰孩時過繼給頭目夫婦領養，頭目夫人很年輕就過世沒生一兒半女（頭目夫人是阿董叔叔的姑媽也是阿祖馬家大家長馬桂花的堂妹或堂姊）後來頭目再娶知本的小姐哈古頭目的媽媽，而後小姨婆被送回原生家（沙露）。

後來我專程去新竹找姑姑，想找到這張照片的原檔。原來這張照片是分享來的，當初上傳的親友已經把照片刪除。影像不在，我把姑姑說的話留著，記不全的這些關係留著。有一天會找到那張難得的合照，把他們再備份一次。

未成年

第一場

研究所時期暑假某天，我在池上家中房間賴床。父親打電話來說，國小要舉行阿美族的成年禮，我幫你報名好，你去參加，也算是成年了。我先說好，也知道父親想要什麼。我們長年住在池上，唯有清明掃墓加三節回去建和老家拜拜。也許地理因素，也許心理因素，總之沒能讓我連結經歷參與（聽起來一樣但其實不一樣）卑南族的成年儀式——那阿美族的也可以吧。

只是我愈想愈奇怪。我不是不大方，但不喜歡羞恥感。什麼是羞恥感？池上就這麼小，辦活動的國小紅土操場藍白帆布三十六點五度下午清清楚楚連想像都不用想像……「你不是老馬的兒子嗎？你們不是卑南族嗎？」「對啊但是我爸說這樣也可以。」聽到的人會覺得好笑嗎？他們會當場笑出來嗎？他們會因為禮貌保持不笑，但是結束活動後才笑嗎？今天我跟著一群男孩成年了，但他們與我年紀哪裡相仿？他們可能在讀臺東高中、關山工商、體育中學、成功商水，我二十二歲他們幾歲？他們也會當場笑出來嗎——我會變成一個成年可靠的阿美男子嗎？也可能我糾結的不是阿美或卑南，而是男子的部分。

我必須讓自己的羞恥煞車。我撥手機給爸爸。

「我不去了。」

「為什麼不去了，我等下去就載你去國小。」

「我覺得很奇怪啦。」

「有什麼好奇怪，你就當作是一個體驗，一個過程——」

我是一個不願意體驗，不願意有過程的孩子嗎？也許真的是這樣。但不願意被知道的，才是最羞恥的。

「總之我不會去就對了，你不用來載我。」

「你這個孩子真的很奇怪！」父親一直以來給我的評價是這樣，但我至少中止了我自己。

第二場

二〇一七年的臺東詩歌節，可能因為博士畢業後待在池上，有地緣之便，以青年詩人的身分受邀與會。我那時還沒預備出版詩集，詩產量也不多，電腦裡翻翻找找，找得出兩三首可以到場分享。詩歌節最後一日，會程的詩歌分享皆已完結，大會為遠道而來的作家們安排東海岸一遊，我留下來同行，其實也想多陪陪老師與長輩。一行人從市區沿臺十一線開，與老師們在杉原海岸看沙吹風，炎熱但是浪漫。午餐在都蘭的達麓岸部落屋用餐。入口手工木牌手寫：達麓岸是阿美族人，在山林，田園，海岸邊的茅草屋。是族人工作休息，技藝傳承之處。茅草文化體驗區。在這裡，可愛的你，靠近我愛我多一點。記得很多喝酒很多朋友。

達麓岸部落屋的區域，有大小不一的達麓岸，人是小豆子散落滾動，海風與海之間有一種緊密貫通的連帶。我當時處在一段不好詮釋的感情關係中。心情說不好、不好說的時候，人就看起來恍神。恍神會讓旁人擔憂，但旁人都是長輩。還好海面是大的，我從海的左邊拍到海的右邊。我喜歡風景，風景的好處是人不用在裡面。

午餐時間到了，中央最大型的達麓岸桌上擺好刺蔥蛋，山苦瓜，雨來菇，山蘇，海菜，糯米飯，月光螺，魚，醃肉……部落屋主人幽默，與大家熱情分享部落文化脈絡，生命節奏。他問，「在座哪一位朋友年紀最輕」，年紀倒數第二輕的吳懷晨看看我，我站起來。

部落屋主人說，「在我們阿美族的年齡階層裡面，Pakalungay的工作，是為部落服務，要為長輩服務，那今天你就是在場最年輕的，我把這個工作交給你……」他在我的腰際綁上臀鈴，要我大力搖一搖。「搖的聲音愈大力，愈長，就代表……」

我努力地搖，為長輩們添菜，斟酒，當一個小時的Pakalungay。大家笑，我試著不去分辨笑聲是什麼，努力聽臀鈴的聲音。我喜歡臀鈴的聲音，它跟著我的身體。我去洗手，它輕輕響。我動作不是很協調地倒酒，它重重響。我希望我有父親的身體。我盡量專心，帶著笑容完成任務。因為眼前有海，有食物，有酒，有親愛的長輩。盡量不去想起十年前，我拒絕讓父親完成的體驗，究竟今天是怎麼樣到來的。

輯四／不懂要問

做農，以及做農夫的孩子

今年元宵前兩天，被形容成霸王級的冷鋒來襲。池上地勢空曠，寒流似乎總是比其他地方來得厚實，頑固，無可商量。氣溫驟降的那天中午，我在家中讀書寫稿，LINE了一下正在打田的父親，問需不需要送飯去。

「我在溪埔那塊田，你知道吧？」

「當然知道，我又不是沒去過。」我回答特別快，特別大聲，壓過自己的心虛。家裡田地分散成三塊，位在萬安溪埔那塊田距離遠，父親只帶我去過兩三回。第一次自己騎機車過去，冒險成分居多。

後來我在錯誤的地方拐了彎，寒田竟是步步險。萬安溪畔那些看起來如此相似的田地裡，我竟然找不到父親。雨絲細如微針，擦過耳邊的風聲似乎讓那些田地無限擴張，細窄的田中路像被水氣稀釋，遮掩。空蕩的田間生出密林，我身在其中，又無從進入。

（太丟臉了。我要自拍上傳照片到臉書嗎？標題是農夫的兒子找不到父親的田？迷路的農家子？）

後來遠遠看見父親的打田車，向回騎，繞了個大彎終於抵達。一線列在田邊的鷺鷥驚起，解散，復聚集在另一角。波浪軌跡飛行的白鶺鴒群，冷寒的空氣中高下交錯著。父親不因為我來而停下工作，把打田車駛向更遠處。我忍著指尖的寒刺，拿手機拍攝著父親的田地。調著對比度，曝光值，高亮減淡，陰影補償……我的確像是要補償什麼。

下了打田車的父親只說了句，「很冷吧。」我更慚愧了。

博論口試後搬回池上不滿兩星期，我被這種類似的歉疚干擾著。過去讀過寫農村農人農事的作家好多。賴和、楊逵、呂赫若、鄭煥、黃春明、王禎和、吳晟、宋澤萊、洪醒夫、林雙不、吳錦發……有人群的溫暖與落寞，不同時代的陣痛與痙攣。我對這些作品的熟悉度，遠遠超過真正的水田。

我在鍾鐵民一九六一年的〈蒔田〉，看見有點熟悉的尷尬。替母親去巡水的少年鍾鐵民，看農人輕快、規律地插著秧苗，忍不住捲起褲管躍躍欲試。

「算了，還是去巡你的水吧！蒔下去就要浸水了呢。」

「讓他蒔蒔看，看蒔田容易或寫字容易。」

沒有蒔過田的他，不知道流暢的動作，是長期勞動的積累。

秧苗插進去，隨著指頭又浮了起來，腳也擺不穩。步子移來移去，把耙平了的地踏得高高低低，蒔下去的秧苗就更不服貼了。

父親七八年前開始務農，第一次帶我去補秧時，或也預料到類似的情境。他說「哥哥，帶你去體驗看看。」我花了半天時間，才學會在田中平衡自己的身軀，而不致陷入深軟黏密的田土。

那就是我的淺薄「體驗」，農夫兒子的田中半日遊。

後來讀到出身關西農家的余玉照，在〈田裡爬行的滋味〉，寫少年在田間除草的身體感。冬日刺骨的田水，侵上乾裂未癒的膝蓋肌膚。夏日陰毒日頭下不止息的汗水在身上似是蟲蟻攀爬。傷疤，惡蟲，竹刺……少年身體是意志與時間的試金石，但文字之下正是無數離開農鄉的故事。

我人在臺北，打電話回家沒話說時，只是問天氣。「爸，明天會變冷喔。」「這次颱風家裡的田有怎麼樣嗎？」雖不見得只是為問而問，但自己也知道幫不了什麼忙。

一九五四年的夏季，美濃經歷了一場長長的旱季。鍾理和在那段時間的日記中，比誰都關切雨水何時落來。他說「人們的心都像他們的田那樣乾的要著火。」他日日寫下那些關於天氣的觀察：

七月十二日……雨是天天都在下著——然而祇是——灑一點。

七月二十三日……無雨，烏雲剛剛聚了一點，又散了。雷聲卻神氣十分。

一九五四年的美濃大旱，村莊老者說是甲午異象。「我記得我還沒曾遇到過這樣的天……年紀吃滿一個花甲以上的老者，說在上次的甲午年也有過這樣的事情。」鍾理和沒有看到的下個甲午年，臺灣的二〇一四年初秋，也遭逢著大旱。

「最近新聞有報耶，是不是都沒下雨。」

「沒事啦。有點影響，但不大。你忙你學校的工作，有空回來再說。」

後來我日記裡的雨水還是我自己的雨水，臺北的雨水。直到我在溪埔迷路，才知道田中微雨竟是如此冷寒。

吳音寧說，大地是必須從腳重新開始學起的幼稚園。「地理課本展示的地圖／時刻都有變化。」（吳音寧，〈上學〉）或者與父親在西瓜寮勞動的詹澈，「例如我，阿爸的影子／西瓜寮和堤防／都被夜色收入山谷的夾頁裡。」（詹澈，〈有時會帶一本書〉）他們都是更有模樣的孩子。我如果陪著蒔田，陪著寫字，會有一點模樣嗎？

我一個字一個字問著卑南族的父親。稻子是lumay，碾過的白米是veras。農夫是muwa'uma，小米之外的播種叫做'emapiyar。

「'emapiyar就是手揮出去，播撒種子那種感覺，那種動作。」父親的手畫出一條米色的弧線。

「'emapiyar……」我模仿著父親，模仿他曾經也是農夫的孩子。

我的小書房生出父親老家Kasavakan的那片田地，水霧退去後遠方是鉛藍的太平洋——我與父親之間，會有一條小小的田中路嗎？

聽山地人唱歌

巴代的新長篇小說《野韻》，也許有一種行銷手法是，邀請張惠妹與母親張王玉妹女士站臺，搭配《大巴六九部落傳唱歌謠》CD，點出小說收錄在CD的歌曲，或類似「天后的母親，最溫柔的家族記憶」這樣的文案，以讓小說得到特殊矚目——這當然是一個反面（也很彆腳）的舉例。小說的確是以張惠妹的母親為中心人物，但《野韻》並非「張王玉妹／莎姑傳」（即使小說描繪了她的童年與老年），也不是「大巴六九部落傳唱歌謠史」，但卻像水流一樣，經過山壁，苔蘚，岩石，鳥鳴聲，動物足跡，人群活動，引誘出故事與歷史的另一面。

以人物形貌與記憶寫部落歷史，我們很快可以聯想到Liglav A-wu的〈紅嘴巴的VUVU〉；或巴代的《走過》，在陳清山老先生戲劇性的動盪生命之路底下，其實是以「部落」的記憶與經驗尺度為地基。《野韻》有事件，但並不刻意顛覆歷史判斷，也沒有等待解決的危機與衝突，而是貼著莎姑的記憶往返過去與現在，家庭與部落。小說的章節（如「空襲」、「信仰」、「婚姻」、「歌舞」）可視為主題的濃縮，但內部藏著比主題更多的細節。巴代大可把莎姑寫成部落核心風雲人物，但他捨棄了這種寫法。《野韻》反向的、縮小的經營方式，像後記提到的無名溪，重要的不是溪流的起源、合流、支流，灌溉了哪些偉大，而是那些充滿豐富細節的聲響與枯榮。小說寫戰爭空襲，排除了戰機（或更高大）的俯瞰視角，而是從下往上的觀察、猜測與躲藏，以及民生秩序的變動；八二三炮戰的「部落」這一側，是壯丁離家的不安；統治政權的巨變，牽動了部落的小型政治運作……這些時代側面，不必然只是以小見大的布局（畢竟如此一來，大還是大，小還是小），而是因為小溪有小溪的聲音。

這樣一部以「歌唱」、「音樂」為主題的小說，巴代關於「聲音」的處理，必須是立體的。立體不是聲響的逼真，而是留心不同層次的演繹狀態。陳俊斌在《臺灣原住民音樂的後現代聆聽》一書，強調原住民音樂在傳統與現代、表記與表現之間，複雜的銜接與流動。小說如何提示我們怎麼「聽山地人唱歌」？《野韻》中出現的歌曲有莎姑創作的傳唱歌謠，有祭儀歌曲、政治歌曲、林班歌曲、商業（或部落金曲化的）流行歌曲。除了旋律歌詞，更重要的是歌曲被創作、流通、聆聽、演唱的時空與情境，也含納了語言選擇、身分表演與製造、自我實踐、展演策略……小說中精采的「祭儀搬演」段落，便展示了這種多重的協商關係。歌唱可以是一件貼身而愉快的事，小說中色澤、氣味、音響豐滿的歌唱場景，寫出了部落時代地層之間的細微記憶，人群的分享與互動，但回音卻微有憂思：

莎姑已經不太注意是誰發聲說話了，她的心思跌到了「山地人唱歌」這件事。對她而言，唱歌尤其是唱族語歌，這類被稱之為山地歌的歌謠，都是生命經歷，無需思慮別人喜不喜歡的問題。但是幾個女兒幾乎是以唱歌為職志，她們在都市裡，一定也遇到這些無禮的言語……。

這些憂鬱是莎姑的憂鬱，也是唱歌的原住民的憂鬱。莎姑在教會出色的歌唱，卻引來父親被批評出賣女兒色相的疑慮；外來的賣藥綜藝團，卻潛藏著以歌舞夢想拐騙女孩的危機；遭逢挫折的卡子捲土重來，父親卻未能分享最終的成就……從莎姑身上延展出的歌唱故事，反映了時代的面貌與困境。《野韻》也是一部充滿彩蛋的小說，可以看到〈鬥法〉裡面屁股像女人一樣渾圓的鬼魅山羊、巫師阿鄔、馬鐵路一家、散步的陳清山老先生……這些故事的群組，除了形成特殊的閱讀趣味（例如「大巴六九」式的小說宇宙觀），也顯現出相互對應、合聲，充滿韻律的部落／小說生命狀態，一種充滿彈性，無分主從的史觀。

其實想聽見小說歌曲的讀者，在CD裡真能找到。「婚姻」一節結尾的歌，就是收錄於《大巴六九部落傳唱歌謠》中的〈歡聚泰安〉；小說結尾思念父親的歌，是專輯中的〈父親回來了〉，但在《野韻》中，那是一首因為思念與記憶而浮現的新歌。佇立守候的女兒，流水帶動著有發電所，俊美的岩壁石塊，鳥鳴與犬吠的風景。父親回來了，記憶回來了——就讓我們按下錄音鍵。

記憶的女兒

小時候，看到部落一些表象，我一個小孩也不懂其中什麼大道理，後來我也不去想，直到只能過著回憶往事的老人生活的今天。——〈光明乍現〉

《火焰中的祖宗容顏》中輯一「部落童年」的〈光明乍現〉記錄了一段奇異的往事：戰後初期的鄒族樂野部落（Lalauya），突然興建了一間醬油工廠，也因為工廠的運作，第一盞電燈亮起，第一輛吉普車駛來，一些「現代」事物與陌生人降臨部落，人人睜大雙眼，猜測著，懷疑著——這些布杜（鄒語中漢人的意思）為何而來？年幼的伐依絲，夜半與堂姊隔著醬油工廠的竹籬笆，窺視工廠內的動靜。藉著廠內的煤氣燈，伐依絲看見蒸騰的鍋爐，布杜們夜裡仍在辛勤勞動。部落還舉行了歡迎外來客的盛會，像真的要繁榮興盛起來。唯有她以裝瘋作為保護色的三叔，

山地話／珊蒂化

大膽預言「那些開醬油工廠的布杜都是××黨，是想要打敗〇〇黨。」瘋狂包裝了真實，曇花一現的熱鬧後，部落復又被驚懼的寧靜包圍。有人被審問，又放回，或沒有放回。這件往事並非年幼伐依絲的幻覺，而是當年省工會在臺灣發展地下組織過程的歷史切片，他們在樂野建立醬油工廠，生產、銷售食品以維持生計，也以廠房掩護行動與身分。乍現的光明引來更為幽長的黑暗，或正如那隔著籬笆的窺視——事物暫時在燈下顯現輪廓，遮蔽難解的事物，卻依舊隱匿在角落。七十多歲的伐依絲，像為我們旋開一盞黑房中搖晃的小燈。然而什麼被照亮了，什麼還躲在籬笆中？

伐依絲．牟固那那《火焰中的祖宗容顏》，書名取自書中同名散文，記錄一次旅北北鄒同鄉會在烏來的野營經驗。當時六十多歲的伐依絲，在〈塔山之歌〉的旋律中，點起心中沉寂已久的鄒魂。營地的聚會裡，她與年齡相近的親族試著吟唱古調，在其他不熟悉古調的族人面前，卻顯得突兀。她想起年少時，耳朵也浸泡在反共口號與教堂詩歌裡，不曾領略父親勞動飲酒時吟唱的古調。

篝火中的祖宗面容一閃而逝，在那些早已亡失、或逐漸消散的事物下，維持記憶的火光，並不是件容易的事。在「部落童年」一輯裡，反覆出現著「上一個所謂的國家」，以及新的「所謂的國家」，對族人命運的擺弄。「所謂國家」的質疑與不安，與巴代《走過》主人公陳清山老先生的生命境遇，暴露的沉重荒謬相當類似，伐依絲卻以素樸的筆調，包裹了國家在部落運轉暴力的幽微記憶。她自陳動機單純，為自己與族人「留下活生生的記憶」。今日的土壤遭遇過往的禁忌，原應清爽的文字，卻似乎處處布滿記憶的雷區。伐依絲並非有意繞道，那些看似不明朗的敘述，當然不是今日的禁忌所導致，那出自於童年視角的觀看侷限，也是驚懼之後的真實沉寂。（類似題材的作品，還有拓拔斯．塔瑪匹瑪的〈洗不掉的記憶〉，寫二二八之後國民政府對布農族人倫部落（Lanngdun）的清洗。）或如〈我們遠足去〉，寫遠足的孩童，天真地唱起其他老師教唱的義勇軍進行曲，引來安插校園中擔任特務的新老師注意，引來了連續的政治災厄。「一樣是他們漢人的歌，為什麼有些能唱，有些不能唱？」這些疑問當時沒有得到解答，族人只能安靜、抑鬱地活在缺損的生命節奏裡。一九五九年，花樣年華的伐伊絲也曾經加入一切為反共、為國家的「山地文化工作隊」，寫下曾扮演「女匪幹」的往事看似是今日笑談，山地文化工作隊巡迴各處的經驗，開啟了她的經驗視野，但曾經身為「政治宣傳工具」的愧歉，卻是延遲現身的創痕。

那個在籬笆之外偷窺的女孩，令人想起李渝〈朵雲〉中的阿玉。竹籬笆後面，水聲之下，有暫時顯現形體與聲音的物事，卻又密不透風，難以滲透。「嘩啦的水聲裡，阿玉聽不見母親說什麼。」瑣事與暴力被單句組合，也像是讓事物半隱半顯的籬笆，「一車車給拉走的，連麻袋都來不及蓋的，也都二十幾呢。」雨日來了，冬天來了，夏教授從人間走了。唯有溫州街的光線在時間裡變換形貌，黏合著記得與不記得的事。像伐伊絲寫下，「有些事情，因為外在的影響或是自己刻意把它遺忘，但在一生裡，仍會像薄雲中星辰的微光似地在現實中若隱若現。」

伐依絲在二〇〇七年，滿六十五歲而正式成為「法定老人」的那一年，決定更改原來的傳統姓名「白茲．牟固那那」，因為白茲是年輕可愛之意，是幼年時親族對她的稱呼。成為伐依絲的她，就是「回到塔山見先祖」的名字了。不用反共，歌為自己唱。在時而歡快、時而沉鬱困惑的文字裡，伐依絲童年與老年的兩張臉孔，像光柵雙變圖，相互疊合翻轉，沒有一側等於全貌，卻都是記憶誕生的女兒。在轉型正義理應被熱議的當下，這樣的理解與注視更有其必要：我們從何處與暴力、死亡擦身而過？如何觸摸傷害與復原的多種形貌？她筆下溫暖的童稚眼光，不只是追昔憶往的情趣，而是為了生存而成形的音樂。我們必須記得，記憶的音色愈是細膩動聽，光明背後的夜暗，愈是苛刻。

補修、修補，然後住在自己裡

祖父過世了三十年，他在的時候我有個小名Kunkun。三十歲以後我跟父親說，我想要（或者需要）一個卑南名字，爸爸與姑姑商量之後，我接收了祖父的名字Farasung。我（有點吃力地）想起祖父的面孔，親人對他的回憶與評價，期許我能站在謙和、溫厚、勇敢的生命下游。二〇一四年十一月初，我讀到「沒有名字的人」在臉書上的第一篇文章。我與許多讀者一樣，為他們清秀深沉的樣貌傾心，也為文章裡包紮的旅程與傷口心折。做一個不那麼典型，卻一樣需要時刻意識、回應、承諾、展現身分的「法定原住民」，我對這些真摯、滾燙近乎魔幻的生命旅程，有珍視感佩，也有低頭慚愧。我算是有名字的人，還是沒有名字的人？二〇一八年夏天，「沒有名字的人」的書寫計畫在凱達格蘭文化館，以展覽的形式重新集結、整合，繼續對著世界發聲。我與賴奕諭前去北投訪問團隊成員以箴。主視覺背景的色彩令人想起噶瑪蘭族的傳統香蕉絲，線條重新勾勒的臉孔讓表情更加堅毅。展場有概念邏輯，從恆春半島出發繞行島嶼，不只是族群的分布圖，也是記憶的舞臺與領地。在他們生命中占有重量、帶來指示與啟示的物件選定位置，相互勾連。當我震懾於親眼「看見」他們生命故事的同時，時間也繼續作用在他們的身上。等著書，很快一年又過去。

臺灣過去關於平埔族群的相關書籍讀物，著重思考重建與復振行將消逝的文化，以及尚未正名的族群地位。從語言、器物、信仰、空間、音樂、地名與族群遷徙歷程，搶救瀕危消散的文化，也從老者的身體提領久久未曾使用的語言。李壬癸教授在《臺灣平埔族的歷史與互動》中提到土田滋教授一九六九年在埔里的經驗。他與一位臥病在床的道卡斯族老人交流訪談兩個小時，只得到一個單字：gyakaw（酒）。一九九八年，劉還月的《流浪的土地》，書中輯錄許多人關於平埔族群身分認同的生命故事。如何發現自己是「番」、學著作「番」的困局與毅力，已在彼時流轉。潘桂芳說自己是「一個後現代臺灣的Taokas」人，潘忠政說自己是「一個四十歲才知道自己是原住民，而一句祖先的話也不會說的道卡斯族人。」王文姿在大學時候知道自己父親是來自目加溜灣社的西拉雅，但她面對的質疑是「連你們的『母語』都不懂，算什麼原住民？」如此相似的故事，我們在二十年後的《沒有名字的人》也看見。

目前投身道卡斯族語言復振工作的劉秋雲，先後出現在一九九八年出版的《流浪的土地》與《沒有名字的人》。在《流浪的土地》中，她以〈我是道卡斯的孩子〉一文，寫她在後龍鎮上讀書時，如何被老師同學歧視，只因為她是來自新港的「番」。直到她進入師大地理系，第一次聽見「道卡斯」，才鼓起勇氣向祖母詢問自身的來處。「『番仔』是別人叫的，我們叫做Taokan……」找回自己的路上，也曾遭受到「平埔族不是原住民」的質疑。近二十年後，《沒有名字的人》裡面，劉秋雲的生命更堅實豐足：她在後龍新民里傳承道卡斯語，道卡斯的聲音一波一波地拍打身體與記憶。

「沒有名字的人」的生命故事的內容，也許可以簡化為：如果你是一個意識自己擁有平埔原住民族群身分的青年，你會遭遇什麼？關卡一：「前往戶政事務所申請日治時期戶籍謄本」；關卡二：「回答他人關於自己父系與母系親族的組成」；

關卡三：「回應社會大眾對『平埔原住民族群』的質疑」；關卡四：「回應關於『母語』與『傳統文化』的疑問」；關卡五：「你是原住民，你的下一步呢？」這些故事是「從前從前」，卻也是「從今以後」的事。必須知道自己的祖先、找回因為他人而被忘卻的語言、家庭的遷移足跡、文化或隱或顯的歸路與線索……我是誰，我在哪裡？主體總是透過敘述而成立，敘述自身是回應「我是誰」、承諾「我可以是誰」，重新錨定自我在記憶與現世的位置，也給了不熟悉臺灣當代平埔族群議題讀者的參照與補課。

在《沒有名字的人》之中，青年們關於身分、生命的銜接、體驗與出演，或有幾處值得留意。他們「成為原住民」的生命時間，多半有著劇烈的壓縮與濃縮。晴天霹靂、恍然大悟、一瞬間通過奇異點，翻面成番。因許多認同與記憶之間的空隙，出現了巨大的斷層與時差──我必須追趕上我自己，例如潘宗儒、余亦德、陳以箴的故事。或者方惠閔改姓為潘，取得原住民身分，又因為土地繼承而改回「方」時──我就不是「原住民」了嗎？或者丁肇義，當他發現戶籍謄本登記都是「福」而非「熟」的時候，是什麼被取消了？或者潘軒豪，原本可以當一個姓田的布農族，卻選擇做一個姓田的巴宰族。謝世宗教授的經典著作《認同的污名：臺灣原住民的族群變遷》，談臺灣原住民的污名身分運作與泛原住民認同之間的關係。在潘宗儒的故事中，我們又看見了另一種模型：「也並非污名附加在你身上，而是難以認同自己，就連那些負面的記憶你都未曾擁有……」痛楚因為沒有污名記憶，「愧」的心境在這些故事中來回滾動。換的故事不只是更換姓名，是付出（時間、痛楚、思想）與兌換（認可、實踐、未來），換位帶來思索，當然也希望換得更多的理解。

他們細微繁複的心緒，不只來自個人經驗的敏銳易感，當他們選擇與族群身分貼近，同樣必須面臨法理規章世界的限制與衝突、消亡的焦慮、族群與現實生活的多重壓力，當潘麒宇記下毛利朋友給他的話：「你要先顧好自己，才能夠幫助你的部落」，反射的是生活的重擔。在這些青年的生命圖像以外，必定有人因為生活，只能把自己換得更遠。但名字的記憶沒有單一典型，「名」與「實」的咬合不正，讓他們修訂、修正、修復、修煉、修剪、修築、修補、修纂——沒有人有權利否定這些艱難。

在「最最遙遠的路」一節，他們總結、提出了面對多重界線、限制下的複數情境，提出警醒，當我們嚴格區分族群與認同的正當性，我們是否陷入了再度劃界的陷阱？誰才是那個堂堂正正的唯一代言人？李建霖在混血身分裡的多重實驗與抵抗，給出了一種混血調酒的微妙色彩；通靈少年尤威仁回應對儀式挪用的質疑，呈現了當代的流動與協商。這些故事與其說是模範，更接近於諸多的靈感與造型。二十五段生命的劇場，我們能否讓形形色色，取代堂堂正正？

布農作家乜寇．索克魯曼的妻子是西拉雅族人。他疑惑於布農語裡稱綠豆為layan，而非如其他豆類冠上bene（豆）的命名方式，經過耆老口述才知道，layan的laya指的就是西拉雅人（Silaya）。他與他的妻子有兩個布農×西拉雅的孩子，他說「將來我也必須要幫助我的孩子去建立起他們的母親所擁有的那個西拉雅人的身分與認同，讓他們知道自己是布農族人，也同時是西拉雅人。」這是一顆種子，給我們未來的另一種訊息。

詹姆斯．克里弗德（James Clifford）在《復返：21世紀成為原住民》中，提出彈性、多重、曲線的當代族群方案，行進於諸種歷史、諸種經驗之間。「印第安人能動性常常被看成是要求回歸到一個從未存在的烏托邦過去。另一個修正將會主張，我們清楚知道那樣的回歸是不可能的……而我們就像其他人一樣是活在今日。我們一直設法成為世界的一部分。」

寫這篇文章的時候我同時也在看《後山西拉雅人物誌》。繼母是漢人，但她的家族親友也都有著濃眉大目，偏深肌膚，不特別說的話，我跟她看起來也像親生母子。她來自池上萬安戴家，《後山西拉雅人物誌》記載了萬安戴家，如何在十九世紀後半遷移到池上。他們母族的家名是「ti」。聽起來像是地、諦、遞、締、娣……這座小島上有各種因果緣由，我想起有時繼母與父親鬥氣時說「怎麼當初會嫁給原住民……」我也覺得有種需要重新補課的衝動。

《沒有名字的人》開頭，形容恆春半島是一個魔幻的歷史舞臺，奇異的狼狗時光。我們的身體裡可能也有一個半島，使我們總是往返於這些奇異的天候，車窗與車窗之間，有錯開的失誤，也有確認眼神的機會。也許這座島嶼上從來沒有準點的車——但我們總是設法，讓名字成為世界的一部分。

打開的樹洞

山地話／珊蒂化

一開始會追蹤Apyang，是因為有朋友跟我說他很帥，又有在寫東西，很可以。

為了不違背我的男同志之心，毫不客氣地按下臉書好友申請。

點開「Apyang Imiq的相片」，啊，他真的很帥。但不只因為長相（他上傳的珠蔥、玉米、雞母蟲、小雞、紅豆的照片還比自己的臉多），可能因為我們很不一樣。我父親也在務農，但父親知道我不算特別勤勞強壯，少帶我下田。就算下了田我也常像打漆彈或單兵戰鬥教練那樣，狼狽，偏女，格格不入。

後來因為自己在雜誌社工作的關係，想邀請一些年輕的原住民作家寫稿。恰好去年十一月企畫了跟臺灣地方書寫有關的專題，其中一個子題想邀各種位置的返鄉青年寫寫看，歸返帶來的挫敗經驗。這個預想其實犯了先入為主的錯，不過誤打誤撞，也收到了很好的文章。Apyang 那時寫了一篇〈瀟灑的傻〉，寫他在Ciyakang支亞干部落的農事心情。他不想灑藥，不加化肥，作物都長得小小的，一個Baki（太魯閣語中稱男性耆老）跟他說「按照你自己啦！」，隨即騎著機車遠去，留下快噴淚的他。作農有體力勞動，與部落長輩之間的討教互動，好像也不只是經驗傳承文化深耕那麼簡單。

我持續追蹤他，在某個週日跟他約好，要跟他線上聊一些原住民、一些同志的話題（男友對我說，你是不是想跟Apyang聊色色的事？）

Apyang Imiq的臉書上有很多他在田裡的照片與小心情。紅豆長大了，小雞死掉了。他最近也開始寫Medium，對長文與論述友善的網路田地，寫下他的田野筆記。Medium上他的自我介紹寫：

是農夫也是作家，花蓮縣萬榮鄉，支亞干部落，太魯閣族，男同性戀，已婚，關鍵字交代我的標籤。

標籤很直接，直來直往從他網路初登場就是這樣。高中時期家裡開始有了撥接網路，他進入聊天室，沒有任何數字尺寸現約有地不囉唆，呆呆地打上漢名「程廷」，想要跟男同志世界連接起來。第一任男友就在UT上認識，年紀大他一些，七年後分手。現任男友在一起兩年多，自介寫「已婚」，我問他真的想結婚嗎？

「會耶，我會去結耶。我喜歡那種關係確定的感覺，不喜歡曖昧不清的事物。我希望我到男友家，男友到我家的時候，不用說是好朋友。」

Apyang男友在唸博士班，陪他下田，在小農市集擺攤，看他的創作，兩個人不廢耕不廢織。「但我不是很喜歡參加婚禮，可能是看到別人結，但我不能結，心裡有點不是滋味。」Apyang這樣跟我說。關於婚禮，排灣青年潘宗儒也寫過〈在離家與返家之間成家〉：「以前認識的原住民青年，總是對indjamai（部落喜宴）情有獨鍾，因為那個場合代表了部落文化、親族關係的再實踐，而且一定要學會包菜，那樣才能彰顯自己的原味、部落和在地。但我的部落伴侶跟我說，他很討厭吃部落的喜宴，因為會見到很多的親戚，他在那個場合，就彷彿所有人都在對他竊竊私語、指指點點，原生家庭讓他好像自己的不斷的被撕裂。」婚禮總是這樣兩難。但我喜歡參加婚禮，一方面可以喝酒，上臺點歌會有紅包，也喜歡看人在婚禮中因為形式而必須顯得有愛的樣子。很久不見的親戚會說「KunKun，你長這麼大了，有沒有女朋友？怎麼可能沒有。」爸爸知道我是，也陪我打哈哈「他比較喜歡自由自在啦。」不知道爸爸喜不喜歡帶我參加婚禮，說不定他比我還尷尬。

Apyang得過很多次原住民族文學獎，但直接觸及同志議題的篇目不多。他寫過一篇〈Tminum Yaku．編織．我〉是那年散文組的首獎。編織是女孩的手藝，男孩連ubung（織布機）都不能碰，一個喜愛編織的出櫃部落男同志，如何找到自己的線頭？文章裡兩個男孩有一些豪放嬌俏的對白，「『督……這個我可以！』……我們很熟練這種討論男人的SOP，心裡有一張評核表，原住民打勾、有穩定收入打勾、家中獨子打叉、容易融入原民圈打勾、熱愛原住民文化打大勾……」部落與部落以外的檢核勾勾不只如此，Apyang書寫的編織是性別的，他也真的會編織，垂直水平的waray（線）交錯，挪移收納了細密的記憶。「我每次只要東西寫好就會很興奮的一直給別人看，我男友說我滿會寫那種身體的感覺的。」

虛實也在編織，張狂的對白現實更野放，文章裡劇烈的衝突，在Apyang的家裡並沒有發生。關於愛有沒有那個允許，在餐桌上聊當然有難度。「但比起是不是同志，那個人與你之間的連結跟關係，可能更重要。」他記得小時候，母親部落裡有個「姊姊」，總是穿著輕薄可以看到肉的雪紡，腳踏高跟鞋在部落走跳。「他都自備高腳杯喝維士比。」但Apyang家的長輩跟他相處很自然。「部落裡面年輕的弟弟也有姊妹團，他們很厲害，部落直男都被他們掰彎，耶……但其實大家都有不一樣的需求嘛。性在部落裡面其實有很豐富的狀態。」說到這裡Apyang好像打開了，「其實我一直很喜歡寫性，過去的原住民文學裡面比較少這個面向」，從性關係到性與關係，世界的洞口一張一弛，堅硬與柔軟的事物流動著——不如一起來寫色色的事？

時代有不一樣嗎？Apyang說也不見得，他的部落朋友中，一樣有因為家庭壓力而不快樂的人。他想，也許同志婚姻通過之後，憑藉大家對於「法」的信任或依賴，也許也會讓部落裡對同志的觀感有一些改變。他寫「你知道 hagay 原來的意思嗎？hagay 是指擁有兩種靈魂的人，分別是男性和女性的靈魂，在過去的部落裡面，hagay 通常扮演巫師，可以與 utux 對話。」潘宗儒也在〈在離家與返家之間成家〉說「我們好像很狹隘的非得要有一個『真品』，非得只能二選一；但靈的世界，是遼闊的，是無垠的。那個是靈。巫術的詮釋。」靈的轉移與轉譯，無關敬與不敬。以法以靈，其實只是想知道，有沒有可能認認真真工作，不會因為存在就冒犯誰。不會因為只是想知道自己的樣子與名字，就被世界分成兩半。

Apyang 生活的Ciyakang支亞干部落還有一個古老的地名：Rangah Qhuni，意思是「打開的樹洞」。我從Apyang的blog裡看到：「『支亞干溪』，這條溪源自白石山，上游幽閉曲折，到了溪口接近部落住區時，河道突然變得寬敞，就像一棵樹長出茂密的枝葉，也像一個深邃的洞穴被打開了，陽光照射進來的樣貌。」

希望Apyang的小雞跟作物，以及我們的心都會好好長大。從小的地方不斷往大的地方流去，讓深邃的洞穴都被打開。

輯五／珊蒂化

第一種慾望

阿莫多瓦的《痛苦與榮耀》裡有一齣劇中劇。是電影中的導演薩瓦多拍攝自己的童年。他因為家境貧困，與母親住在小村莊的洞穴屋。薩瓦多天生聰明，母親要他教年輕俊美的泥水匠讀書寫字，交換洞穴屋內部的粉刷裝修。薩瓦多在洞穴屋的天井下捧著小書閱讀，陽光從天頂照撫著他。知識與世界先到來，但對慾望仍一無所知。有繪畫天分的泥水匠替他畫像，白牆，盆花，紅衣的薩瓦多童年被速寫留駐在草率的紙：瓦楞紙上漆上白漆作底。物質的簡單，與真摯的情「感」完整了一個下午。泥水匠在天井全裸沖澡，薩瓦多去房中假睡。鼻孔翕張（我也想聞到他究竟聞到了什麼），額頭冒著小汗。泥水匠請薩瓦多拿浴巾讓他擦乾，薩瓦多走出房門，看見泥水匠結實的身體與碩大陰莖，浴巾從手中掉落，直接昏倒。不知道泥水匠是清純還是故意，不知道薩瓦多是被太陽還是模糊的慾望曬倒。慾望與世界雙雙起了頭。這齣劇中劇，薩瓦多的童年／自傳電影，在結尾處告訴觀眾，這部電影叫《第一種慾望》。

九〇年代初期，池上的寺廟還流行脫衣舞酬神。粗水泥與藍漆鋼條搭的戲臺，平時下午是小孩子拿來鬥橡皮筋、鬥彈珠、鬥片的競技場（現在講出ＢＢ戰士這四個字覺得好彆扭，但網拍還是有在賣喔）。水泥地總是一層細灰，掌心也是。鬥片傷指甲，跳高摔到擦傷膝蓋，腳底的皮繭與水泡。我們認真遊戲，對待皮肉非常的隨意，身上至今仍有許多小傷疤。謝神的晚上，廟前空地（沒有小孩會講廟埕這麼文雅的詞）會多出四五個小攤子，裸電線、裸燈泡、裸招牌，空氣裡的味道也有穿透力與殺傷力，我未來也沒有再吃過那麼辣手指腫嘴唇的烤米血跟燒酒螺。

歌仔戲的背景會轉！海往左邊，山往右邊，人在左右旋轉。我沒有一句臺詞聽得懂，綠木片山與藍布條水一前一後，透視與布置，世界的實像與抽象。節目也分上下場，歌仔戲結束之後，是脫衣舞了。「讓我們歡迎白玫瑰小姐！」

誰是白玫瑰？臉孔細白，紫羅蘭色眼影，蓬鬆短髮，理髮廳海報型的豔麗。她高䠷，面無表情，貝殼白的三點式表演服，聚光燈直噴胸脯，綴珠反光像一根一根銀釘子反擊在空氣裡。三彩旋轉燈橢圓繞行，小蛞蝓一樣沿著舞臺與軀體游移。臺下眾男子臉龐歡呼油膩，髮絲與鼻孔搖搖晃晃。白玫瑰小姐從主持人手上接下一口墨黑鵝絨斗篷，把光吃下去，包起來。她的手是魔術，提前為我的人生示範見與不見，或者視而不見。白玫瑰的秀清白優雅，始終沒有提供禁忌。臺下叔叔伯伯的燒酒螺會甘願嗎？

街上的菜市場前面的秀就不一樣。舞臺大，攤位多，氣味混亂，燈光顏色有一種刻意營造的昏沉，像外婆家房間的雞心燈。我站到座位後面的椅凳踮起腳想看，這個小姐黑色長髮，長相比較模糊，妝感像理髮店裡的人頭。她搖搖擺擺，慢慢蹲下，掀起布料皺皺捲捲的短裙。我遠遠看黑森森一片，不知道是內褲還是什麼。我探頭探腦一臉困惑，底下我的同學看著我，說馬翊航好色喔！爬這麼高去看。我說我不知道她要給人家看下面啊。（好像是《一一》裡面洋洋會說的話。）不知道這個小姐有沒有花的名字。

比起來，我還比較喜歡陪爸爸去打網球。蹲在地上撿黃色小球，抬頭就可以看到裁判椅上面，穿著白色短褲的，不用知道名字的其他叔叔。

老虎在哪裡

電話對面的小姊姊刻意把呻吟拉得好長，十秒可以完結的句子拖成三分鐘，好像就是色情了。擔心大人走進來，趕緊把電話掛上，轉開小房間裡的小電視。喔，是趙雅芝的《新白娘子傳奇》。

繼母的娘家在隔壁村，家裡偶爾會去陪外公外婆一起吃晚餐。吃完晚餐大人在客廳抬槓，十歲的我習慣躲進邊房看電視。那間小房間裡有閉路（以前池上的小孩都說看「閉路」而不是說「看錄影帶」），小表弟的童書，抽屜裡有外婆的藥品與水粉（有次我差點要把白鳳丸當成化核梅吃下去），太魯閣遊覽買回來的手持小幻燈片機。我對床墊下外婆的私傢沒什麼興趣，倒是《新里見八犬傳》的閉路看了許多遍。夏木麻里飾演的妖婆玉梓，裡面有一幕正面全裸，浸泡在巨大血池裡的畫面。紅的血水白的胸脯黑的頭髮，她看起來元氣飽滿恨意十足，我也沉溺在壯觀與犯禁的快樂裡。

外婆家後院養著小雞，橘色的燈泡夜間照著小枇杷一樣的雞崽，細小的啼聲讓夜晚穿孔。雞籠底下鋪著牙黃的糠殼，聞起來像健素糖，空氣飽脹，富含摩擦力。不知道十歲的我還算不算小雞，但待在外婆家的時候就像暫時放養。跟家裡樓房清潔陰涼的氣氛不同，家犬，野貓，夏日驟雨的積水，剩飯與鐵盆。竹林，九重葛，醜玫瑰，小辣椒。曳引機的厚油味，輪胎田土壓出長長的曲紋，陽光強烈像蝴蝶也會被曬死。外婆家是感覺的圖書館。

那裡有前埕，後院，四個房間，三臺電視，像組合在一起的小紙箱。女兒們都嫁出去了，大多數房間只有過年的時候睡滿人。我在這間躺一下，那間躺一下，找尋飼料把感覺的小雞養得更大。其中一間房間堆著小阿姨再也不看的女性雜誌。我在一些時尚新知星座運勢的資訊裡，挖到一篇色情而粗糙的小說。年近三十的女主角，同時認識了中年男子老井，與年輕精壯的青年鐵雄。小說反覆描繪老井如何在性上面委頓不濟，她如何從鐵雄身上得到如槍砲如流水的愉悅。因為審查的尺度限制，小說中滿是××。玉玲握著老井沉默疲軟的××，想起鐵雄憤怒堅挺的××。

我凝視著××，第一次感覺什麼是不寫而寫，越隱藏越暴露。××在連貫的字句之間彈跳，阻礙又張開。廚房有滷肉完成的味道傳來，謹慎地闔上書本。把我的××留給自己，你的××讓你帶走。

九十年代初期鄉間的色情真是得來不易，手指沾上的糖粉入水就會化開，更不能與人交換了。外婆家訂《民眾日報》，我維持資優生形象，常在客廳讀報，對報紙上刊登的色情電話號碼更好奇。我偷偷把報紙帶到邊房，看起來像要看影視副刊，分類廣告欄就在不遠處。輕輕拿起床頭上綠白配色的電話，數字鍵盤之外有個*，有個#，是嘴與井。電話並不對話，我也不想與遠端的女性交換生活，只是想感覺色情。

第一通電話撥進去，一聲好長的喂，小姊姊好像刻意要把故事說得很長。不是小說裡用××遮掩的技巧，而是把無關緊要的語氣變得濕氣重重，我不知道為什麼要從動物園的故事開始，不過我其實也沒去過臺北的動物園。小姊姊說我們（也許在用詞上希望追求互動與共感）某天一起走到動物園。嗯，至今聽起來是一場快樂的郊遊。

現在，啊，我們來到了一個動物園，啊，好大，好大的動物園。我往前走，走到老虎的前面，啊，好大，好大的老虎。老虎叫了，啊，好大聲，好大聲……

我沒有讓她繼續講下去，可能是擔心她在老虎前面脫衣服會有危險，或者並不想聽接下來（也許是）猴子與駱駝的故事。不過已經知道原有一種色情是這樣：叫得空空的，說得慢慢的，無關緊要的事都會變得色色的。後來偶爾會在新聞看到一些青少年色情電話話費爆額的消息，好像打電話的人都是傻子，但我想說不定他們真的想知道老虎怎麼了。我知道我對小姊姊與老虎提不起興趣，也有一些相互冒犯的愧疚，後來還是比較常去找雜誌裡的××在哪裡。

之後有天在房間裡聽見小阿姨在客廳叨念外公：「一定是爸爸偷打的吧！為什麼電話費突然變得這麼多呢？幾千塊耶！我乾脆把房間的電話線拔掉！」

我繼續看又演了幾集的《新白娘子傳奇》，不知道哪天可以戴上趙雅芝那像米老鼠一樣浮誇的頭飾呢。

海邊的房間

今年臺北電影節，重新播映了陳俊志的《沿海岸線徵友》與《美麗少年》。當時的情人在《沿海岸線徵友》軋了一角，藍色水族箱燈光的趴場裡扮演跑趴眾男之一，削瘦身軀與爆炸頭髮型，與影片中的主流男同志形象有點落差。一閃而過的幾個鏡頭，讓他有點像孔雀魚群中的海鰻或水母。第一次看《美麗少年》則是一九九八年的冬天，我在花蓮讀高中。二十年過去，影片中有早逝的大炳，鏡頭外有早逝的陳俊志。片尾ＫＴＶ段落，有胡ＢＢ跟炅姨兩人搞笑互撕，把彼此臉頰推歪的鏡頭。我研究所時期看過胡ＢＢ重出江湖的舞臺劇，深深覺得如果臺灣有扮裝皇后在小酒吧的脫口秀，他只能是第一人。炅姨則是我跟朋友演《豔光四射歌舞團》時的服裝設計，替我們做了幾套瘋癲俗豔的戲服，後來他以這部片拿下了金馬獎的最佳造型獎。這些事當時是不可能想到的。

那是一所藍色的男校。深藏青的冬季外套有種苦修氣質。水藍襯衫平板像卡紙，灰藍長褲則偏向老鼠的尾巴。少年們的制服因為新舊與質料，出現色譜的細微變化，有時也暗示擁有者的家庭環境。放學與上學時段，鱗藍色的小魚群時密時疏游過路口。前門通向山丘，後門通往海岸，有些川堂牆面下方也漆成水藍，校園就像是被海水占領或洞穿。老師們說這間學校出過許多作家，楊牧，陳克華，王禎和，陳黎……你們也有機會。國文課文裡面我只喜歡高二的〈山谷記載〉，我把書局能買到的楊牧慢慢蒐集起來，模仿或手抄《昔我往矣》裡〈JUVENILIA〉刻意收入的一些少作。嘆息了呀。河水。渡船的人。懸吊的星。預言者。我有個老師教過吳岱穎，說我喜歡寫詩，寫的字小小的，跟他很像。陳克華的〈海岸教室〉寫，從前的花中學生午休會向海邊跑，下課就拎著一袋鮮豔的熱帶魚回來。升上了三年級我們也到了最靠海的建築，但我羨慕二樓自然組的風水。與海的距離被組織壓縮，水線吃著微塵的窗臺，手往窗邊伸去就能得到波浪的吻，海的真正方位並不重要。

接近靠海側門的和平樓則是有鬼的。他們說，你知道和平樓三樓的廁所，為什麼鏡子被拆掉了嗎？為什麼整個樓層的教室都封起來了？問題追蹤著找答案的人。鏡子反射出的是原來應該在此，或者不應該在此的。有人看見一隻鞋子留在廁所裡，另一隻出現在遠方的海岸上，人從此消失在廁所了。另一個傳說是，夜間無人的教室會有人吹著小喇叭，旋律是德弗札克的〈念故鄉〉。廁所的水管怎麼通到海邊，吹小喇叭的人又為了什麼而吹。地面留下空白巢穴，藍色的身體滾動成虛線，把還沒消失的故事圈起來。

年少不是知識與經驗的匱乏，是空間的匱乏。海岸並不是一條線，與海岸相鄰的路附著一些空間的毛邊，數目與形狀不均勻的碎片。舊車棚。榕樹。矮圍牆。乾燥的堤防。冷靜的公車亭。消波塊削弱海浪，消波塊與消波塊之間騰出了房間，補足少年與少年的愛。我的一些美麗同輩，擅長在校園裡製造一些戀愛的騷動。我親耳聽見傳說正流傳，但那句子很美：他們下課都去消波塊那裡。「那裡」是一個車頭，後面跟著動詞的車廂。有的溫柔，有的不堪。少年與少年們一陣一陣造火車。突突南下，好興奮。研究所的時候為了申請軍訓抵免回到高中，朋友指著海岸說，你看海岸線已經後退了，以前大家都是在那裡——

但我在那裡嗎？

同班同學L從瑞穗來，在花蓮市區租了一間房，對於我們這種更南邊來的住宿生來說是上流階級了。有天下課他要我陪他去圖書館借書，他借了一本《聯合文學》雜誌回來。他斜斜靠在二樓教室外面的走廊，沒有跟我說為什麼要借這本書……同志……文學……愛戀……除了《花蓮青年》與校刊我沒有看過太多文學雜誌。直到下課鐘響前，那本雜誌都停靠在他胸口。陽光清白斜打在水藍制服。潔淨，沒有任何折線的風景，小魚在鈕扣與鈕扣間游動。

我住的宿舍圍牆有刺。白鐵圍籬，花苞與花萼形狀的三叉尖矛。水泥陡坡往上是磚牆再往上是刺籬，高牆像過重的判決。牆外是一排雅靜住宅，手書春聯，九重葛，發財樹，花貓與白狗。細小爬藤繞轉在圍籬上，餐廳後面的一小段尖刺處被折彎削平，學長們留下來的破口。都說打蛇要打七吋，教官十點晚點名，專打少年們的七吋。「奉勸各位同學，晚點名之後就好好自習，睡覺，不要偷翻牆。以前你們有學長啊，翻牆回來卡到蛋蛋——」少年們發出哄笑，笑聲裡鑲嵌淡淡不安。不敢爬，沒懶蛋。爬了以後掉懶蛋。我不在意懶蛋。L打電話來，問我要不要去他的房間讀書過夜。我決定翻牆，隨之而來的是一連串障壁。要保持浴後的香氣，輕鬆乾淨的睡衣內褲，收受室友們恭賀與嘲弄揉成一團的起鬨，繞過教官與值星學長的眼目抵達餐廳後方，後退五步助跑踩上（前人放好的）小椅子一口氣蹬上水泥牆握緊銀白色的欄杆如同握緊你從未真正握緊的他人……翻牆出去的時候，花貓在牆的另一端。被驚動之後竄到車底，留下一對警戒的金眼珠。雖然蛋蛋是保住了，但現在回想，還是有種可疑的，身體懸掛在銳物上的幻覺。愛果真是需要力量與僥倖。

《美麗少年》在花蓮放映的時候是冬天，是我第一次看紀錄片。視聽室陰暗冷涼，但因為螢幕上的少年，在二二八公園掏出粉餅補妝像平實奔放的夜來香，夜暗的酒吧扮裝擺動泡棉觸角，是嚴厲美豔的星際女王，讓我看了人在洞穴心在汗。《美麗少年》有其嚴肅的一面，當年在文化中心主持紀錄片放映與座談的陳黎一定有點出的。少年的疾病恐懼，性／愛的焦慮，大螢幕出櫃的緊張感（我這樣夠漂亮嗎！）。但我一心想當北部美少女，記憶裡總是削弱了紀錄片的論辯張力。不能說是情有可原，是我太想要自己的房間。

鯨向海的〈徵友〉寫，「我二十四歲。／趨近於楊喚詩裡白色小馬的年齡」。

我二十四歲的時候也有了自己（租）的房間。房間裡躁進幽沉的情人，意外成為陳俊志《沿海岸線徵友》裡的某條奇異游魚。我待在自己的房間，情人的房間卻很開闊。他說不會也不能跟我綁在一個房間。契約是會帶來傷害的——他的文學理論。他與我分享他在其他房間的故事，說不定也期待我去探索。他去的那間房間，書櫃裡有詩集有小說，主人讀書，令他覺得安心。他們吃令人開心的小糖果，音樂從身體裡湧上來後就出發。因為他愛我，所以他誠實。我在自己的房間裡邊聽他的故事邊想，壞柚子色的燈打在他清白的鎖骨。我掛在牆上，以為自己知道要轉向哪一片海。

敦化南路到敦化南路

山地話／珊蒂化

當我還住在池上鄉新興村松吉路的時候，我就從《漢聲小百科》知道敦化南路了。我們家是生活倫理課本中核心小家庭的模範，一家四口，父母都上班。母親將鑰匙穿上黃繩，掛在我的胸前，當池上前衛的鑰匙兒童。一九八七年陸正案的餘波，我常憂慮自己會遭綁票。一九八四有螢橋國小潑硫酸案，我也憂心放學的時候被潑酸攻擊，排在路隊尾端，先讓別人出校門。但小學三年級其實已經是一九九二年，住鄉下連恐懼的節奏也慢一些。白鐵鑰匙冰涼，薄薄胸肋前面擺盪著像小鍬鑷，心裡還有另一個鍬鑷。

知識從《漢聲小百科》來。小百科黃臉像吃了太多芒果，披風是臺灣的芭蕉葉，胸前是一塊太極板，調動陰陽日月（那也是他的鑰匙與小鍬鑷嗎？）。服裝「純為到中華民國來傳授知識而設計，內藏超能力教學機械結構……轉動太極圖，可帶人迅速進入時光隧道。」從前看是高科技，現在看都是中華民國與臺灣。最近發現國圖學位論文網上，有人研究漢聲小百科中的臺灣／兒童論述，特殊年代的特殊中華臺灣造型。（還被稱作山地人的）我不過是數十萬實驗品中的一員，在未系統化的心靈裡，置入一些先備先驗的知識圖像。一月有被兩座高架橋架住脖子的北門（二〇一七年開闊廣場終於啟用，北門伯伯齁齁笑的臉遠遠就能看見）。十二月是未來，有飛行車輪形狀的太空站（後來發現造型靈感可能來自庫柏力克的《2001太空漫遊》）。環保的月分是十月，棕色的，有國慶鳥，有生態的警告。「讓我們愛管閒事」的口號要我們當環保婆婆媽媽，東管西管。水彩手繪寫實速食餐盤，計算一餐帶來多少無用垃圾。薯條紙袋，一半餐包，尚有關節餘肉的雞腿，沙拉盒。原是為了說明多餘的垃圾，但我想要那些垃圾。十月第一天是「想要遊戲」，恣意要求物質享樂，不停說著我想要，就會得到死滅的地球。但我沒有聽話，心中喊著想要想要。鑰匙門內的世界沒有不開闊，可以養殖未來，可以多識蟲魚獸鳥，認得魔鬼的臉。

五月是藍色。沒有樹的長安東路有煙魔、熱魔、噪音魔包夾圍疊，但敦化南路是臺北最美的路。臺北人在樹盾下安詳生活，橘色旗袍婦女牽行小孩，有人提著鳥籠，小小一點在樹下，彷彿城市沒有其他聲音。滿版鳥瞰圖從南到北，手繪的茂密樹冠像花菜，厚實有形的庇護。從天而降的知識是手，調動了臺北的密度，把我吊在城市上空，觀察那些受灰塵熱氣磨難的人向此處竄逃。忠厚的樹叢面朝天空看我，好像也有一張慈悲喜捨無遠近的臉。臉。有一天小百科就在談臉。從布魯克・雪德絲到胡茵夢到觀世音，阿明的媽媽說胡茵夢是大美人。書中有一張跨頁的單眼皮小女孩，鼻粱人中吃進裝訂線內，顯現有點詭異的笑。談中國人的長相，那也不像我。

有一些假的，一些真的。（聽起來像我高中時候喜歡讀的楊牧散文？）

高中念花蓮高中，書局逛瓊林書局，只看洪範九歌爾雅聯文時報志文連起來那幾櫃。有一本李幼新志文版的《男同性戀電影》，前面是電影截圖彩頁。香豔。靠底的裝訂已經被翻到裸露，像鬆弛的內褲頭，線與皮與膠熱熱涼涼地接觸空氣，沒有一個花中男生將它帶回家。十八歲的手指由左到右，由右到左撫摸一段一段書脊。《傷心咖啡店之歌》，《荒人手記》，《山風海雨》，《昔我往矣》，《我城》，《豐乳肥臀》。牆面層板上立著《在臺北生存的一百個理由》。鮮豔對比色塊，舊物與新物並陳。怪店、戀物、經典、偏方、土味、嬉味、逃逸、夢想、個人，但我覺得太貴終究沒有買下，日後上臺北一樣要在大處小處計較。買得起的是《Taipei Walker》，宿舍大方傳閱。一期有師大公館商圈美食特輯，有大學口大腸包小腸。彈珠臺，蛋絲皮，夜市是黑底，香腸是光，看起來就像遠方燈火。我說那就非臺大師大不讀了。後來上了臺大一直到博士班畢業，一共就吃了兩次。一次是大學開學第一天，一次是後來想確認是否真那麼不如期待。

雜誌西門特輯有成都楊桃冰。初次來到店頭看見巨大的醃漬，不分品項皆是近於昆布或剝皮辣椒的苔褐色，堆在大型鐘罐裡。後來讀到張愛玲寫泡著的嬰屍，我也想到蜜餞酸甘甜。高中時候反覆看的一篇散文是唐捐的〈魚語搜異誌〉。童年村落沒入水裡的少年Q（是阿Q？但也像小百科的頭），水庫移民也是遺民。魚是我，我是魚。少年的我讀不懂，只讀到水光腥腥臊臊，少年Q在水裡洩了。寫文章也會模仿一些皮毛魚鱗，貼上一些裡面學來的詞，諸如黏膩，糾纏，凝滯，流淌，潰瀾，精卵。不知道那其實是記憶的陸沉，活物的死影。日後學讀書，學寫字，大約都如此。學會的捨不得不用，用上了又發現始終沒有學會。

三十六歲那年夏天，大一跟我上同一堂體育課的小說家出版了《文藝春秋》，寫下關於《漢聲小百科》的故事。世界的謎底被破解：阿明是未出櫃的男同志，阿桃告別了小百科後只是一個普通到不能再普通的女子。耀眼的知識光線，上天下地鑽探的精采一年，只能見證時間的倒退而非未來。胸前太極由陽轉陰，世界退回阿桃手上，阿桃退回世界中。眼淚是物質，是知識，在心裡面碰撞搖晃，從它們應該的出口離去了。

那時我也搬到一間有著敦化南路門牌號碼的租屋處，三十六歲從學生第一次成為社會人。住在臺北最美的路。我盤算夜裡從Abrazo酒醉搭車回家，是從敦化南路到敦化南路，車資只要一百元。也是在臺北生存的一百個理由之一。我也是阿桃，從閃耀光澤，有著秩序密度的知識世界，退回到我自己的鑰匙裡。鞦韆盪回胸前，在鑰匙裡不能當兒童。

其實敦化南路也是熱的，我們活在樹的臉下，真的敦化南路沒有辦法俯瞰它。有時候晚上好想唱歌，走到安全島中間小徑，戴上耳機開啟卡拉OK的App。聲音鎖在耳裡，各有心事的車流從麥克風傳到耳裡也被放大。行人從身邊走過，拉行胖犬，或者手提著便利商店的包子。也會有看起來比我還失意的人，在信號燈前停滯。我坐上前一個戀人曾經等候過我的座椅，重新播放自己唱出來的風聲，像另一種陸沉。

敦化南路上有兩種路樹，信義路以北是樟樹，以南是欒樹。接近秋天的某日，城市下起普通的換季秋雨，我與謝利約定要消散一個週日，搭著公車沿著敦化南北路直行，正好遇上欒樹變化。細小的黃花，像為了填補空氣中疏散的部分，與雨水相互交換著密度。安全島上的小路，攔截了花塵，活動的水與花成為平面，如細沙壇城，時間之輪。水與花後方的城市樓景，也自行疏遠，退回時間的手裡。我握起他的手。這些小百科也沒有說過。但那並不虛假，至少那為我展示了世界的光亮，大幅度的時間與地理，像是預言日後所有感嘆之物。真實之書，差異之書。樹影搖晃，變成水劑，像世界的藥片。我自己得吞服他們。我必須庇護自己。

但許多事情我也記錯了。去建國南路上的大圖書館重翻小百科，其實那條最綠最美的路是敦化北路。但也不至於不算數，敦化南路轉基隆路轉羅斯福路，羅斯福路其實就是臺九線。沿著臺九線，就能回到松吉路了。

娘娘槍

大學時候聽過一個故事。朱衛茵跟陳鴻兩個廣播主持人在閒聊，朱衛茵說，她從前剛在臺灣主持廣播時很挫折，因為常被聽眾抱怨有香港腔。陳鴻安慰她：妳這還算好的，我都是被聽眾抱怨娘娘腔呢。

那時覺得很好笑很有力，因為各種對陰柔性別氣質批評的回擊，解嘲，四兩撥千斤，都值得保留，成為我這款娘娘腔的資料庫彈藥庫。娘還要更娘，辣成恰查某。誰奈我何或無可奈何的生存美學與哲學。現在想起來在意的是，這個故事的張力，也因為兩種腔不完全是同物，一個通向他方，一個抵達現場。拇指與中指圈出蓮花指，從鳳眼般的孔縫注視他人，洞穿自己。

辣是要模仿的，漂亮的戰鬥也需要系譜。日本學者齋藤環的《戰鬪美少女的精神分析》，歸納出動漫作品中戰鬪美少女至少有十三種分類，魔法少女系，同居系，服裝倒錯系，巫女系，異世界系不等。記憶中最早的戰鬪美少女，是科學小飛俠中的珍珍，以及臺灣盜版太空戰士中的粉紅戰士（網路搜尋後才發現應該正名叫金鳳，竟有點海產店老闆娘的氣魄了）。這種組合在齋藤環的分類裡是「紅一點系」。做工不甚精細的戰隊服有仿綢質感，攜帶鞭子、弓箭之類的柔性兵器劈腿翻躍，騎上摩托車飛揚塵土，不知是記憶模糊或者是製作成本有限，戰鬥場景總是有種工業區質感，土堆上的芒草因為怪獸摔倒而抖動。科學小飛俠的珍珍睫毛好像可以刺穿壓克力面罩。我喜歡她的披風，粉紅鋸齒在深藍太空裡飄動，海蝸牛之屬。團體發動火鳥功的時候，要緊閉雙眼，額頭出汗吶喊，在死的邊緣移動。美需要痛苦兌換。

大學的時候因為心臟二尖瓣脫垂跟體重過輕，一直以為自己理應免役，只要等待埋葬，不需要上戰場。豈知碩士論文寫完體重近七十公斤，體檢結果健壯如一頭母牛。知道現實世界不是太空戰隊中的優雅擔當粉紅一點，幾百個光頭裡面我只是比較娘的光頭。

當兵前也儲蓄了一些關於新兵的笑話：

菜逼八，你拿什麼槍！

報告長官，我拿娘娘槍！

笑話其實用不太到，清槍起立清槍蹲下步槍分解結合已經消耗大半時間。十月末尾入伍，天氣不是秋老虎就是秋雨，值得安慰的只有公發綠色雨衣是斗篷剪裁。寬敞，飄揚，把雨衣穿成一口鐘（是張愛玲《色，戒》裡的易太太呢），從連上集體行進到餐廳時就有祕密的伸展臺。人在雨衣裡，美在心中坐。讓雄壯威武解散吧！在斗篷的掩護下偷偷走著貓步，口不對心，一二一二，口腔裡偷偷敲擊著新的口令。端莊！賢淑！淫蕩！嬌媚！柔軟！曖昧！緩慢！高亢！尖銳！張狂！飛舞——喔，私自攜帶彈藥是違法的。

新訓戰鬥課程需要到教練場練習偽裝，採集各種野地植物插在身上，假裝自己是一叢草。配發泥黑墨綠的偽裝膏，用來彩繪臉部迷彩。這就是Project Runway

啊！我在心中吶喊著。本次主題為：野性的呼喚，請參賽者以咸豐草昭和草五節芒甜根子草及其他野地植物製作夜間禮服，時間為五十分鐘，配額成本為：零元。當然並沒有人像實境節目一樣爭先恐後奔向野地的草叢。遲緩，懶散，如一些淋過雨的牛。我拔起那些名稱不明的植物，將自己裝飾成一叢普通的、微有鋸齒的草，沒能把自己插成碧昂絲或是高潮的鳳梨。清槍蹲下，清槍綺麗——唱乎自己聽。我因為諧音快樂，但沒有開槍。

也許真正偏愛的不是紅一點系，是少女戰隊。像水手月亮遇見水手水星與火星；魔法騎士雷阿斯的獅堂光遇見龍咲海與鳳凰寺風。我後來遇見另一個同梯叫紅姊。清晨連集合場集合前他都會記得戴上角膜變色片。

鄰兵問：紅姊你的眼睛怎麼那麼有神。

他甩甩（並不存在的）長髮，說：我本來就是這麼美。

那是他遞給我的娘娘槍與月光寶盒。只是再美的女兵也會退伍，戰隊也會解散，從有晶體與巫力的異世界回到土水現實。後來陸續有朋友入伍，我成了美少女戰隊的領頭羊。我打開備份的文件檔，要把入伍前的預備小物清單傳給朋友。檔名叫做「辣妹髮妝」，小物從入伍通知書生活照大頭照奇異筆電子錶到防蚊液都有。最後面有個選配清單：唇蜜，褲襪，放大片，化妝棉，小扇子。其實那些玫瑰色小物不帶也沒關係。但或許收到的人也可以穿梭，在內務櫃裡提槍擊發一次。

讓那裡看起來並非那麼無可撼動，那麼平凡無效。

繞路的模樣

山地話／珊蒂化

老家房間裡收納著一些隱密的衣物。實木五斗櫃的最下層，因為時間帶來的壓縮或膨脹，木抽屜拉開時總是帶著吃力的摩擦，隱形的粉塵從內裡處洩漏出來。它們與過季的日常衣物填擠在一起，並沒有變得比較尋常。雙層寶藍雪紡紗魚尾禮服，美國國旗花紋內搭束褲，鳥羽綴飾的珊瑚紅上衣，紫色亮片兩件式裙裝，連身千鳥格紋H型洋裝。平常並沒有人會去特別整理，但好像總是需要一些理由來安置：之前拍電影的時候用的。幫朋友代買的。排戲的時候穿的。但自己那些與扮裝表演有關的勞動，也已經是十多年前了，甚且有些衣物並不只是因為工作。其實從來也沒有人問起。只有衣裝躲藏在那裡，即使是自己的房間，也總是有細小的聲音，在不能完全合攏的縫隙中繞道穿行。

夏日某夜，與Kenji一同等候捷運。候車線前方，一位身型高大的女子，厚底細高跟，銀金色短髮，透膚的米白蕾絲連身裙。寂靜平淡的月臺光線，一下子閃爍搖晃起來。我知道那樣的豔異美麗，來自性別的跨越。但對於同樣寂靜平淡的人群來說，醒目的模樣似乎穿刺了空氣。列車來時是一樣悶燥的風，她光亮寧靜地走過黃線，閘門，玻璃窗，進入車廂。遺留一些眼神，再吸引另一些眼神，或也要去赴一場表演。

電影《阿莉芙》，也說了一個關於性別、衣裝與身體的故事。主角Alifu是部落頭目之子，他陰柔的性別氣質，以及捨棄原生性別的意念，讓他在家庭、部落傳統、與私人生活之間，產生了許多衝撞。電影結構雖然略微鬆散，電影開頭的段落，仍然搖動了像我這樣陰柔男孩的記憶。Alifu從部落老家離開，搭車返回臺北前，先走進了部落活動中心的公共廁所，換上適合自己的穿著。木紋雕飾的大鏡子上刻畫性別符號，空間分隔了男女。斜分髮流，單邊大耳環，白色長罩衫，緊身褲。搭上單薄的客運小車，在公路上晃晃搖搖，窗上倒影與不斷後退的海岸線，吸附著自己的樣子。旅途上，那些細小的聲音不難聽見，但人間行走，不因此稍作停留。

車行處就有人群，多半時候，是通過那些關於外貌的添補與轉換，自己把自己載運去另一個地方。幾年前我的好友S與A，為了參加影展派對，在西門鬧區訂了一間小房間，要我替他們裝扮。粉底，T字提亮，眼線，假睫毛，腮紅，唇釉，蜜粉……穿過防風林，即是海洋。我記得他們照鏡的時候自憐，自愛，無端獲得一件禮物的眼神。從成都步向武昌，稍不合腳的高跟，積塵的路面，妖異銀河。他們後來告訴我，沒想到被注視這麼暢快。那是他們的魔術時刻，日常的拆卸與建築。

但表演與工作有時候只是掀開了世界指尖的薄膜，只是微痛，不夠疼痛。真實生活中是紊亂的氣流，呼吸，要人提防那些缺口與凹陷，身體不容易穿過的窄巷。林佑軒的〈女兒命〉，令人震動醒覺的，是父子兩人女兒之命的幽微聯繫，現實沖湧來的虧損與夾纏。小說以父子同為「女兒命」的設定，錯置了我們習以為常的，痛楚與寬慰的位置。當兒子看著老去的父親，經歷他已先經歷的，成為女兒的艱難技藝，人間慣常以父之名行之的包容或懲罰，至此對鏡相照，越過倫理與時間之橋：「爸，妳做女生，還要加油，看妳像看舊的我，在蕾絲啊、鋼圈間跨半天跨不過來。」一個段落是，兒子去舊衣回收站求得一件女校制服，在胸口自己繡上名字。林、奕、誠，一針一線走，繡入意願與幻夢，一針一線拆，織繡與憑藉之物又不知何時毀滅。他口念青春、陽剛、暴戾的愛人之名，不論織或拆，都是死了一回。針線與文字齊走，跨過織物陰陽二面。無論手藝精粗，都是縫補傷口。

那衣櫃有時更深，更重，是漂流在時間之河的厚棺。李昂〈彩妝血祭〉的化妝與死亡，塗畫出了歷史，傷痕與再現的重重皮層。所有的化妝者，都是被化妝者。身為政治受難者遺孀的王媽媽，民主陣營中堅毅清貞的形象，卻成為兒子同志身分的負累。小說中那令人動容，也令人驚駭的，為屍身化妝過程：「王媽媽略一遲疑，不曾卸去唇上口紅，端詳著兒子屍灰冤鬱的臉，安撫的低聲說：『你放心，以後不免假了。』」精心層疊的妝容，此刻卻只是暴露還原與復生的不可能。亡逝的情慾，亡逝的身體，亡逝的創傷，亡逝的歷史，也要像小說末尾那終究無法被攝錄的幽暗水燈，被中夜掩蓋。

尋找自己的模樣並沒有捷徑。我後來在新聞與臉書上看見，那曾在夏夜捷運站看見的豔異身影。那是他的日常，而非特地趕赴一場表演，又或早已經趕赴上。老家衣櫃裡面的隱密衣服，或許仍然可以說成是工作。工作使均勻之物尖銳，使靜止之物搖晃，使寧靜喧鬧，使黑暗發光。
再繞一點路，離皮膚最近的事物，或許就能變成皮膚。

返香青年

博士班最後撰寫論文的階段，我因為失眠，以及「寫論文往往會培養出第二專長」的傳言，囤積了相當數量的精油，以及精油的相關書籍，從基本配方，蠟燭調製，家用護理到香氣空間等等。期間甚至略微研究了取得芳療師證照資格的方式，也因為成為芳療師是否需要戒菸戒酒而猶豫了一下。博士班畢業之後，順利地回到池上成為短期流浪博士。

十六歲以後沒有在家這麼久，返鄉第二天就是除夕，我是發不出紅包那種大人，就先沉浸在年節、取得博士、陪伴父母的蜜月感中。因為不知道會在家停留多久，先為自己貼上返鄉青年的標籤，至少比其他標籤動聽一些。我思考（或者空想）一些關於產學合作，二度就業，開發市場，創造需求。為了在家裡當個接案寫作者（顯示有在勞動），將父親以舊裁縫車改造的桌子放在前院，木椅，耳掛式咖啡，檜木菸灰缸，看來很有架勢。坐一個小時的莒光號再轉市區公車抵達臺東市立圖書館，租借許多關於品牌創意達人，如何打動人心，教你撰寫完美企畫書，老宅新生的設計力，文創思維點線面。技能的優勢劣勢，人生的好運歹運，我邊寫邊空踩著裁縫車遺留下的踏板——我是我自己的女工。

那就來創業吧：寫論文的時候因為失眠加上想花錢紓壓，手邊留著一些精油與書本，就開了一個名為「返香青年」的資料夾，訂定了一個部落原生植物精油萃取企畫、一篇關於臺灣製香工業的歷史小說靈感（目標是獎金超過一百萬的臺灣歷史小說獎）、以及名為匈牙利之水的文學香氛文案（希望打入華山松菸那種選物店裡）、把母親老家從前的小雜貨店萬豐百貨改造成旅人文青小店（兼賣以地方為名，選用小農原料的冰淇淋：都蘭、高臺、太麻里不等）。又開了一個「我要蓋房子」的資料夾，下載了許多青年創業原住民微笑貸款的表格——後來我發現我的無業身分連貸款都不行。期間只做了幾個名為「途中」、「樂園」、「週日早晨」的精油蠟燭送給朋友。

美子的男友某天來池上玩，我們在我的裁縫車書桌前面抽菸配啤酒。他說可以投資我，但世上最理解我的人就是美子，很快地看穿我的企畫熱與動手冷，把男友的手壓下來。後來我因為變胖，每逢黃昏就在池上騎腳踏車，每天從家裡騎到大坡池，再從大坡池騎到家裡，手腳跟思想不知道是變得更細，還是變得更粗。總之沒有變成更香的青年。

本來可能是青年創業補助的附件壹（會香嗎？）

精油皂：花季

那是在我逝去的光耀的青春裡的一小件事。

氣味文本：李昂，〈花季〉

氣味設計：青澀，尖銳，故作成熟的少女，餘冗的幻想。暴露與藏匿的，無中生有之香。

香調：檸檬，佛手柑，檸檬馬鞭草，山雞椒，茉莉。

香氛蠟燭：古都

那時候的體液和淚水清新如花露，人們比較願意隨它要落就落。

氣味文本：朱天心，〈古都〉
香氛設計：普魯斯特效應。溫暖，卻攜帶著人間的凶險與沉溺。下墜與醒覺的，回返之香。
香調：天竺葵，玫瑰，乳香，廣藿香，迷迭香。

精油皂：大人先生

我們就是會愛上跟自己完全相反的東西。所以才想要離開。所以才試圖抵達。

氣味文本：陳栢青，〈大人先生〉

香氛設計：老去與青春之間，時間孔穴的貪戀。怪誕與體貼，哀傷與溫柔的變動之香。

香調：烏梅，雪松，絲柏，杜松漿果，粉紅胡椒，薄荷。

香氛蠟燭：白馬走過天亮

我必會。如同所有必將來臨的天明。九〇年代白馬般地自窗外走過，彷彿一個天亮。

氣味文本：言叔夏，〈白馬走過天亮〉

香氛設計：雨水，黑夜，墓穴，與塵土的氣味。棄世與招魂之香。

香調：薰衣草，岩蘭草，岩玫瑰，薑，藏茴香。

香氛蠟燭：波麗露

容我向妳說明／寫信時，房間落下雪花／這絕非適宜居住的南島／粉紅色的調酒／總是潑灑在地上

氣味文本：崔舜華，《波麗露》
香氛設計：絲綢般隆重的哀傷，有引夢與帶動情感的功效。夜夢之香。
香調：玫瑰，檀香，依蘭，安息香，快樂鼠尾草。

我的平面（兼立體）生活

九〇年代是個小小、很好擺、很好塞的玻璃空罐。八歲到十八歲，恰恰是一九九〇年到一九九九年，已經是從〈哭砂〉演變成〈裙襬搖搖〉的情調。最近迷上Netflix上的《風味原產地》，雲南醃菜潮州醃蟹，旁白兼具科學冷靜與抒情口吻：是〇〇裡的酵素起了作用，綻放時間的魔法。食材堆疊、壓擠，泌出水液泡泡，增豔後有了形體與顏色的時間。九〇年代像葉型淡水魚的胖肚子，或者重量級石塊壓過的芥菜，模糊的風味。二〇〇〇年以後的記憶新鮮清楚，也非自願地失去本有的重量與神祕，日後腐壞的機率大於醃漬。我輩孤雛，我輩慢慢被串流。誰能放我進去倒帶機裡面（一臺紅色跑車，風馳電掣），黑咖啡色磁帶迅疾駛過，時間的胃食道逆流擾亂心腸。誰要長大，就要吃虧。

〈戀曲1990〉在一九九〇年代流傳是這麼理所當然：烏溜溜的黑眼珠，和你的笑臉。怎麼也難忘記你，容顏的轉變。輕飄飄的舊時光，就這麼溜走。轉頭回去看看時，已匆匆數年。

池上牧野渡假村的餐廳新裝設卡拉OK，眾員工攜帶家眷新歌試唱。磨石子地板總有一層薄薄石灰塵，滑溜摩擦。雷射光銀燈球打下去，空間涼涼晃晃像正在轉動，人臉都反藍。灰鐵垃圾桶套粉紅垃圾袋，檳榔汁細細小雨點滴墨。大人咀嚼，歡唱，來賓掌聲鼓勵鼓勵。我小學五年級，耳朵靈，會唱歌，覺得自己是被埋沒此地啦。大人點名表演，我的〈簾後〉——而我有夢，我有淚，簾後春秋誰與共。超齡演出，麥克風塞回立式螢幕旁麥克風架，發出叩叩碰碰聲響，又跑去餐廳邊角空曠的地方，跟其他員工的小孩用拖鞋在地板滑溜摩擦。父親歌喉好，但又菸又酒嗓子不如從前，臺下喝酒少拿麥克風。父親上司面子大、個頭大，臉色油亮、乾淨、和善。前奏起來，我知道他又要唱〈戀曲1990〉烏溜溜的黑眼珠，迴音十足，「這是我的招牌歌歌歌歌歌歌……」我不服氣，低低叫了一聲「大便啦！」

父親同事的小孩聽到，「猴——我聽到了，我要去跟他們說！」我不擔心冒犯大人而被懲罰，只害怕爸爸丟了工作。求求你了，不要不要。小孩在歌舞場邊追逐追逐就沒事了，其實父親的工作根本沒有怎麼樣。我一生再也沒有這樣卑微過。

◆

影像是熱的。

家裡買了一臺厚實的黑色VCD播放器，很跟得上時代的樣子。有買有賺，廠商附贈一百片VCD片。黑色塑料曲面雙拉門VCD收納櫃，拿片VCD像開簾子，儀式性十足。我翻找VCD，小大人準文青的架勢。心裡想著好划算，也不細想裡面還充數一些地中海風情、三峽覽勝，大嬸性格可能同時生了根。

爸爸在客廳我就看《飲食男女》，《少女小漁》，《推手》（但《囍宴》先不要）。爸爸不在家，我還知道裡面有一片《飛機妹》，男主角李中寧憨厚老實，與曹查理油滑猥瑣的樣子不太相同。還有一片男主角像查理辛的美國R片。裡面的人發育飽滿，皮膚都油亮油亮（我上了高中才第一次吃到燒臘跟玫瑰油雞）。蚊帳，四柱床，蠟燭，哈雷機車。身體與身體打擊著，閃電一陣一陣照亮暗夜，大面玻璃上雨水滴滴流淌，兩點三點化作一片。象徵與性的第一堂課也要大費周章。

九〇年代的小身體，有時自主發熱，有時意外被餵食。週末下午，鄉下圖書館偶爾會在兒童閱覽室播放錄影帶。圖書館是白色長磁磚貼皮外牆，兩層樓清爽偉岸的建築，滿坑滿谷寶貝。大概太豐盛了，也聽過同學很自然地跟館員說：「老闆，我要借書。」

某日放映電影是徐克的《青蛇》，滿心期待水漫金山，人蛇互變的特效。意想不到的是法海趙文卓是最誘人的那個，濃眉毛單眼皮，胸膛比瀑布還壯闊。意想不到的是王祖賢與吳興國在房子裡交纏，演小青的張曼玉，爬在屋簷上跟白素貞王祖賢同步扭動呻吟。意想不到的是法海找上小青在水潭裡練定力，一條強壯的黑色蛇尾把水打得啪啪響——一群半大不小的學生像小蘑菇，迷幻的粉塵沾滿臉，嘴唇上的寒毛有細細的汗，即將不再幼稚的身體挺立著。

法海跟小青的定力挑戰失敗，我們也快被剛剛現出原形的慾望淹死了。近來偶爾臉書滑到內容農場文章，關於《青蛇》的解密。若小時候沒看懂，讓你一夜長大。但我不太敢重看，怕記住那個下午扭轉的身體。怕我還會對趙文卓動心，在同樣的水潭裡失守，沒有成人。

◆

國小同學阿平一家六口住在池上火車站旁邊的平房，門牌地址是鐵花路。他媽媽手藝靈巧，擅長少女漫畫，遍植花卉。陪他回家拿東西，矮客廳牆上密集貼滿手繪作品，不開燈的下午，窄門裡是數十隻少女體系眼睛在牆上收縮膨脹，凌厲濃密，彎捲的長髮布滿細節波浪光。廣告顏料粉紅螢綠強力色澤，美學叢林。（多年後讀到〈世紀末的華麗〉，都市天際線鐵皮棚頂懸吊乾燥花，祕藥，沙漠紅，魚鱗時間。阿平媽媽就是池上版的米亞。）漫畫媽媽傳給阿平再傳給我幾個名字：高永的《梵天變》，游素蘭的《傾國怨伶》與《火王》，Clamp的《聖傳》。

沒有人知道談論同性戀時應該討論什麼，這些漫畫裡有些性別氣質不甚明朗的人物，漫畫家開小船在大眾市場裡偷渡，不知有沒有期待我們在遠方小水溝接駁。借他們的顏色，我的花瓣一邊困惑一邊開張。游素蘭的古鏡奇譚宇宙裡有三個時空，上古神，唐代，現代。我喜歡《火王》裡的司徒奉劍，他十三歲起因為身體不再發育，長年以女裝示人，名滿京城的先知。漫畫彩繪封面十三集以火色連貫，水冷過的金魚紅，明蝦紅。漫畫一集一集出，我一集一集慢慢蒐。國中的時候央求爸媽帶我去臺東市區把缺的集數補滿，一買超過千元。父親說買漫畫買到超過千元，像話嗎！我不服氣，說這裡面有細緻的美術，語言又很古典，就像詩一樣啦！

《火王》第十一卷是〈日昇月恆〉，封面文案寫「素手纖纖，攀岩爬藤愛恨千千，淚眼天天。——情病倏地奄奄。」現在看沒有要推翻自己，但也可以大致理解父親的困惑。纖纖千千天天（十年後就可以配上林俊傑的〈江南〉音樂了），我存錢買一盒新手入門漫畫工具盒，沾水筆，原稿紙，網點，曲線尺，搭配少女漫畫指南，跟阿平一起素手學作少女。或者把《火王》黑白原稿複製畫，送去中山路大眾書局作輸出，客製化印花白T恤，一件七百元。二〇一九年夏天，Uniqlo推出美少女戰士聯名UT，把漫畫分鏡印在胸口——當年我跟阿平早做過，也算走得很前面了。

大眾書局斜對面有崇文書局，穿過書法用具作業簿參考書，靠底有四層白鐵層架，擺滿日本漫畫，不定期補貨。我也偷偷購入一些描繪都會成熟OL情慾地圖的漫畫（A字裙頭髮大波浪一定要），或者校園BL（除了學長我什麼都不要）。父親關心我的少年心靈發展，某日語重心長地說，你在看的漫畫，內容要注意，都有點曖昧喔——真是父親的說話之道。

TOP TWINZ降臨了。音樂新想像，漫畫真偶像。打著從漫畫裡走出來的名號，臺灣第一組雙胞胎男子偶像團體上線啦。一九九七年考完試等著升高一的暑假，我去高雄找生母。行李裡面一本塑膠藍文件夾，一層一層插入收納紙質少女心：模仿《火王》風格的彩稿，手寫超級男孩N Sync英文歌詞，送不出去的暗戀同學畫像，凱西貼紙與信封……闔起來緊密一本，中央膨脹。去高雄的時間早就算好了，可以碰上TOP TWINZ在遠東百貨舉辦簽唱會的時間。我與母親同室吹冷氣，替她拔完幾根白髮後開始畫畫，手邊擺著TOP TWINZ的CD跟剪報。雙胞胎兄弟一長髮一短髮，美國回來的，一個叫騰龍一個叫躍虎，肌肉版《雙星奇緣》，MAN到爆炸。母親說，你在畫他們嗎？我心裡竟有一種「你們在交往嗎」的櫃內幻聽。

隔天我們提早半個小時抵達簽唱會場。電扶梯側窄長紅布桌，麥克風，圍線紅龍，零星一些少女歌迷，沒有特殊的喧鬧與交流。兩張黑色摺疊椅擺在那裡，凝視久久，空氣脫窗長出虛線。只想等下會有真人坐定，潔白牙齒的微笑，把那個空缺填滿，發出賓崩賓崩的音效。他們晚了半個小時來，快快開唱。我和你愛有靈犀一點心就通，不要再閃躲，因愛已臨頭。讓我們放開心胸，一起徜徉愛河——黑色羅紋上衣，棗紅緞面長褲。我看得恍恍惚惚，兩首歌怎麼夠。主持人向大家道歉，因為行程的關係，我們必須前往下個地點，這裡的簽名活動暫時取消。什麼！雙星變流星，身邊寧靜的少女們一時像暴動的天竺鼠推擠起來，不知道是要揮拳、叫囂，還是無悔追隨。「誒！太不夠意思了吧！我們等一個鐘頭捏！」中年女性的聲音扯歪空氣簾幕，原來是氣壞的母親。「滾滾，我們走啊！搭計程車去下一個地方堵他們，看他們有沒有要簽！誰怕誰！」

我對母親說沒關係啦，這樣很好了。我們在遠百買了EDWIN的牛仔褲，漂漂亮亮地回家。對失望不聞不問是好的，心會膨脹，就會消滅。那年的母親與我現在同年，而多年後在電視看到騰龍與躍虎，胖了一些，改名字風與熙鋒了。

不安好心

01

父親喜歡買東西，尤其是工具。他是工欲善其事必先利其器的信徒。有次回池上他偷偷摸摸向我獻寶，一個是用在木質器物的電烙筆，一個是用在玻璃上的刻磨筆。透明塑膠封殼包著新品，沒拆封之前都是雄心壯志。「先不要跟媽媽說，不然又要被她念。」小學時期，父親的購物更狂野一點，九〇年代流行家庭攝影的時候，他買了一台V8，但因為妹妹剛出生，有許多值得記錄，大概是不會被母親念。新東西使用率高，父親的V8羅網一時熱切，包裹我們的生活點滴。有天在萬安外公家吃晚餐後，眾人在客廳電視播放以妹妹為主角的影像紀錄，好可愛，好可愛。但其實影像片段沒有經過剪輯，播什麼就是什麼。下個鏡頭，我穿著黃色的全套睡衣，像一根躁動的香蕉在嬰兒床前呼呼吼吼的跳動——我在嬰兒房內與妹妹玩耍的畫面，被父親偷偷錄下來了。此刻，突襲式地，在充滿大人的公共空間裡，無預警被播放出來。外公用臺語說：「啊，這沒看頭啦。」這是我的影像偷拍外流事件，我羞愧至極，衝向與客廳相連的臥室。沒有哭，但渾身辣辣燙燙，把頭埋在棉被裡。外面他們繼續看著妹妹，好可愛，好可愛……聲音隔著木板牽進來，音質像廚房隔餐泡湯的白飯，腫脹模糊。當時不曾想過「未經整理」的危急與風險。

02

我跟父親一樣愛買東西，幾次讓人論命，皆得到類似結果：花錢豪邁，如洪水。左手大進，右手大出。是所謂「錢沒有不見，只是變成你喜歡的形狀」這樣嗎？張愛玲第一筆稿酬買了口紅，高中時候，我第一次參加全國性徵文比賽，主題是生命教育，我拿了高中組首獎。我去花蓮遠東百貨，買下全套資生堂UVWhite美白系列保養品，白色霧面磨砂極簡瓶身，是我喜歡的形狀。獎金剩下六七百塊，我還叫了肯德基全家餐在宿舍與室友分享，實在分不清是小氣還是慷慨。快樂也使人吃苦頭。我至今猶記得，大學喜歡過的某個男生，與我一覺醒來，非常鄭重地說：「你太縱容自己了。」我想的確是如此，誰像我會反覆夢見數位相機跟筆電？我雖縱容自己，但也自認是配合度高的朋友、孩子、愛人。但不也有人說，歧視的起手式總是「我也有□□的朋友」，或「我沒有歧視的意思」（那就是有）。當我自認配合度高，那想必配合度是極低的。所幸寫作需要的配合，僅在某些必要的地方發生。

03

我在Evernote上，二〇一七年一月十三日的日記寫著：「想著要掙錢，昨晚草草地想到了一個《山地話》的散文創作計畫。」沒想到拖拖磨磨三年半過去，錢都快忘記自己的形狀了。不過日記往前推一天，我跟畢業後去跑船的大學同學吃飯。他跟我說了許多海上限定的故事：兩船相會時候，若船長彼此認識，就可以在海上用信號燈打招呼（令人想到《崖上的波妞》）；有菲律賓船員，跑船期間也發展綿綿同志情，下船後，又回到各自家庭去；也遇過有人在船上上吊，才知道一艘船是配兩個屍袋，屍體得冷凍，就跟船上的菜肉冰在一起；他曾經在海上看過許多種流星，綠色的，亮度極大可在海面產生倒影的……我在日記裡備註，說這些東西都能拿來寫。日記往後推一天，我又寫：「有些時候還必須自沉於水，去那些渣滓裡找最沉的渣滓。」水底與水面的都能寫，我確有這樣的心腸，但也可能高估了自己。

04

寫作畢竟有其務實與實務的一面。寫《山地話／珊蒂化》的三年間，我回池上，建和，初鹿。也去卡拉ＯＫ，也參與家庭祭祖。路過想寫的幾座橋，池上大橋，黑髮橋，不老橋。一旦經過或經歷那些地方，也要維持一定的警醒與驚醒——這是一頭間諜翊航。初稿完成之後，我去新竹找姑姑，聊天，也找相片。在學府路巷子的義式餐廳裡，我跟姑姑吃披薩，還偷偷打開錄音程式。姑姑的確說了關於馬泰山阿公的事：他有一個木箱子，裡面放滿了他以前高砂義勇軍時期的文書檔案與受訓照片。我們的老家保養不善，阿公過世後那些東西不在木箱裡，紙做的東西堆在地上受潮，變成翻不開的磚。吃完飯回東山街的家，姑姑在臥房裡翻找相片（那些照片從一九七〇年代開始累積），我也在客廳接力確認。我挑了一張特寫山苦瓜的照片，姑姑一時在房間裡哼起歌，hoyinaluwan……我回臺北之後，還沒有開啟餐桌上的錄音檔，姑姑唱的歌我來不及錄下來。這種不安好心的狀況，想必一時還結束不了。

05

七月十八日，我為了某個主題是芒草的委託創作，拉了柏煜陪我搭車到北投硫磺谷。我事前在家裡搜尋一些相關資料，才知道芒草刺是矽質，整齊像並列的玻璃。我們從北投車站轉搭小公車上山，地質公園周遭部分區域整建，拉黃帶封鎖起來，自然在人工之間吐氣。抵達時大約六點四十分，下山的車二十分鐘一班，車班與車班之間，卡著黃昏尾。眼前石頭裸露著水，土上是延伸的芒草。芒草的綠在時間的壓力之下變暗，人要忍耐才能看見。池中有一頭白鴨，我問柏煜，牠從哪裡來？

上山時候，心裡還記掛初鹿的母親。她身體裡長東西需要開刀，拖到上週才打來跟我說：「我本來想說不要麻煩你，但我朋友跟我說，這麼重要的事情，妳一定要讓妳兒子知道，不然……」隔天搭清晨火車南下花蓮，陪母親住院等待手術。她在床上休息，我走長長的住院病房走廊到七樓北端盡頭的窗。窗戶特別大，為了病院想透氣的人。窗玻璃留著上一次的水痕，向下看有修車廠，麻糬店，星巴克，紅的白的車子南下北上，看起來像可以抵達任何地方。山脈下的世界與海上的世界綿密壓縮，肉眼也能辨識有雨將來。我握著醫院窗邊像軌道，不錯過任何轉彎處的扶手：它們本是為了協助失去力量的人。

感謝的話

感謝盛弘哥，讓我有機會與巴代老師在「文學相對論」上對話，《山地話／珊蒂化》中的許多感受，是在那次發生的。謝謝《文訊》雜誌讓我設想「百工圖」與「珊蒂化」的小專欄，讓許多文章可以規律而自由地發表，更感謝封德屏社長，從學生時代以來提供的許多關心與機會。謝謝顏訥與栢青，實務上教我怎麼寫補助案，但更多的是，你們就是我的補助。感謝寫作這段期間的發表平臺：《文訊》、《聯合報》副刊、《聯合文學》雜誌、《INK印刻文學生活誌》、《鹽分地帶文學》、《新活水》、《中學生報》、《自由時報》副刊，以及國藝會的支持。謝謝九歌的素芳總編輯、晶惠、沛澤，還有小安的設計，是你們讓《山地話／珊蒂化》更立體。

感謝孫大川老師的寬和與深厚，讓我體會諸種身分皆有可能。感謝亦絢，你有這麼多種的好，我每每在生活裡、在文字裡遇見你都驚奇，都希望自己能有所變化。感謝柏煜，是寫作上的感謝，也是對你無限細心與大方的感謝。

感謝我那些很女的朋友們。與美姊、胖姊、醜姊一起走過好事壞事，你們個個都是女主角。

謝謝我的家人與族人，無論我是怎麼樣的孩子，這本書是寫給你們的。

山地話／珊蒂化

九　歌　文　庫　　1　3　3　8

山地話／珊蒂化

國家圖書館出版品預行編目（CIP）資料

山地話／珊蒂化／馬翊航著．-- 初版．--
臺北市：九歌，2020.10
面；　公分．--（九歌文庫；1338）
ISBN　978-986-450-309-4（平裝）
863.55　　109013365

作　　者——馬翊航
責任編輯——張晶惠
創 辦 人——蔡文甫
發 行 人——蔡澤玉
出　　版——九歌出版社有限公司
臺北市 105 八德路 3 段 12 巷 57 弄 40 號
電話／02-25776564・傳真／02-25789205
郵政劃撥／0112295-1

九歌文學網　www.chiuko.com.tw

印　　刷——晨捷印製股份有限公司
法律顧問——龍躍天律師・蕭雄淋律師・董安丹律師
初　　版——2020 年 10 月
初版 3 印——2024 年 2 月
定　　價——320 元
書　　號——F1338
I S B N——978-986-450-309-4（平裝）

本書榮獲 財團法人 國家文化藝術基金會 National Culture and Arts Foundation NCAF 創作補助